云南省文艺精品创作专项扶持项目

· 献礼新时代 长篇文学作品 ·

那年，我们在阿维尼翁

陈鹏 著

云南美术出版社

图书在版编目（CIP）数据

那年，我们在阿维尼翁 / 陈鹏著. -- 昆明 : 云南美术出版社，2023.12
ISBN 978-7-5489-5587-0

Ⅰ. ①那… Ⅱ. ①陈… Ⅲ. ①长篇小说－中国－当代 Ⅳ. ①I247.5

中国国家版本馆CIP数据核字(2024)第003520号

责任编辑：张湘柱　张　蓉
责任校对：赵　婧　魏于清　肖　红
统　　筹：邹　滢
装帧设计：长策文化

那年，我们在阿维尼翁
陈　鹏　著

出版发行　云南美术出版社（昆明市环城西路 609 号）
印　　刷　昆明亮彩印务有限公司
开　　本　787mm × 1092mm　1 / 32
印　　张　9.75
字　　数　150 千字
版　　次　2024 年 1 月第 1 版
印　　次　2024 年 8 月第 1 次印刷
书　　号　ISBN 978-7-5489-5587-0
定　　价　58.00 元

那年，我们在阿维尼翁

NANIAN， WOMEN ZAI
AWEINIWENG

那年，我们在阿维尼翁

目录

那年，我们在阿维尼翁

0

那年冬天，我说的是疫情发生前的那年，我一直待在法国南部的阿维尼翁。天气并不很冷，按当地人的说法，比往年暖和多了，你甚至可以穿一件T恤在正午太阳下晃荡。阿维尼翁是一座有古罗马风的小城，因一年一度的戏剧节享誉世界。不过，我去阿维尼翁的时候早已错过戏剧节，只是为去而去，只是单纯被阿维尼翁吸引。出人意料的是，后来我阴差阳错在阿维尼翁城外70公里处的鳄鱼村小住半个月，直到疫情来袭，直到我意识到暂时无法回国了，只能返回另一座小城尼姆，在一个朋友空阔的大院里写下这部小说。从鳄鱼村搬到尼姆并非我本意，我想，这种时候，当我试着写一部小说的时候，总得解决吃饭问题，幸而朋友一概应承下来，让我有充裕的时间以每天三千字的速度推进，有望一个月内完成初稿。

这一次，是地道的爱情小说。

那就离不开两个令人信服的角色：男主和女

主。想来想去，男的还叫杜上，女的仍叫米苏。对，他们不断出现在我的中短篇小说中，我懒得为长篇人物再取名字，反正，他们和芸芸众生没任何不同，也无法逃离我的众多文本。不如延续它，让我的小说在具备一定体量之后显示某种“超长篇”面目，岂不更妙？——至少，这有助于论者注意我抓住我给我贴标签。你看我为你们考虑得多周到啊。再从读者角度看，以“我”为杜上代言或更恰当，否则第三人称太老套，严重伤害小说感染力。不过这类小说也多如牛毛，老海明威的《永别了，武器》，塞林格的《麦田守望者》，加缪的《局外人》……是啊，终究也是老掉牙的伎俩，但这次我想走得更远些。也许，我说的是也许，它将是一部很不一样的爱情小说？

好啦，我的朋友秦姐将咖啡和苏打饼干端进来了。我谢了她。

我们开始。

1

我三拳将他撂倒。没想到他那么不经打。几个人冲过来将我死死按住，我认出总裁办小刘和司机老王。我动弹不得。他们像耷拉着舌头的大狗在我耳边呼呼喘息：冷静，冷静，杜总你冷静。我继续大骂：起来，你给老子起来！之后一片寂静。一种空空荡荡的真正的寂静让我体内感到某种锐利的重压。我听不见额外的声音。有人溜进来，说石冲走了，两三人送他一起进了电梯。他们终于放开我，尴尬又惊惶地看着我，打量我，问我有没有受伤。我说没有，没受伤，他没来得及还手，我怎么可能受伤？我来回寻找米苏。没找到她。难道她也在送他下楼的行列中？——这太不可思议了，却也并非没有可能。以她的性格她也许会在暴风来临的时候岿然不动，以超越年龄的成熟将当事人安抚停当再回来找我的。我猜得没错：几分钟后，她出现了，站在办公室门前。小刘老王走到门口四处察看，小刘低声说，杜总，我们先撤了，你们聊。临了又说，一定稳住，哪也别去啊，下午老大肯定找你谈话。我说，我哪也不去。放心吧。这个身材苗条的法务专家走了，老王紧随其后。办公室剩下我和米苏。空气焦灼。我们像两个极度熟悉的家人，因为突然的沉寂稍稍改变了距离，各自向后退开，像要确定什么。

没任何变化，她就是我的米苏。

走啦？

走了。我送他到一楼。

你还送他？

他脸上冒血呢。你没事吧？

屁事没有。

必须送送他，我怕他万一——

还以为这小子会扑进来呢。

他哪敢。所以，我和王雷、周沫一起送送他。仁至义尽嘛，他就不至于还找你麻烦。

你没事吧？

我？我能有什么事呢？

我们看着对方。现在好了，我能在办公室大

大方方看着她了，再也不用躲闪了。她站在我面前，穿草绿色宽松夹克，蓝牛仔裤，黑马丁靴，长发披在肩头。我闻见她香甜的气息。

五分钟后，他们回来了。没人说话。没人敢看我。他们默默回到工位上。石冲的工位空出来了。我钻进我的办公室，仔细思考了几分钟后，给何总裁发了一个简短的微信，说了说事件经过：今天在大会议室例会，一气之下，揍了石冲。起因于我与米苏的办公室恋情。关键是，我最后说，我和米苏是光明正大谈恋爱的。是的，我在和实习生米苏谈恋爱。我并非克林顿，她也不是莱温斯基。我们真诚地爱着对方。何总明鉴，详情容禀。他没回我。

下午也没人敢进我办公室。后来行政办叶子敲了敲门。我随她去往顶楼天台。她说，领导啊，集团一定会彻查的，我该怎么说？我说，该怎么说就怎么说。她说，一五一十？我说，对，一五一十。她劝我做最坏打算。什么是最坏打算？她不再回答。她说她今天什么也干不了啦，想请假，行吗？我说你要回去？不不不，她留着，只是待工位上不再工作，就这意思。实在没法工作了。我说，行，随你便。她说谢谢领导。她看我的眼神充满悲怆和遗憾，似乎，我和她多年朋友兼同事的情分走到头了。果然，她临走又说，领导，你保重。我说，放心吧，你也保重。她走后，我一个人在天台上待了十多分钟，昆明天空呈鼠灰色，云后的光非常遥远，到处是高高矮矮的炭灰色大楼。一小片树林中腾起几只鸟类，灰不拉叽的，看不清是鸽子还是麻雀。我感到讶异而陌生，似乎我并非这个城市诞生的无数小人物中的一个，而是格格不入的叛逆者，回不了家的邋里邋遢的野孩子。我返回办公室，何总回信息来了：总裁办丁总先找你谈。我答：好的。没见米苏，她的工位空着。不知道去哪儿了。大约半小时后她回来，发信息告诉我，今晚我们吃过桥米线吧。我说，好啊。

大约四点，年轻的丁总约我去办公室。其实她不年轻了，比我大两三岁吧，五十出头，扎一支马尾。据说何总将她从某机关挖来，年薪是我两倍不止。她办公室里有漂亮的黄花梨茶台，一只金蟾蜍养得极好，就像活的，随时可能张嘴鼓噪。我注意到她的圆脸略施粉黛，这并不多见。她没问我事情经过，反而问我们部门最近怎么样，业绩赶得上进度吗？我大概说了说新媒体部的进展，告诉她眼下粉丝量直逼六万了，手下几个年轻人干得很好，很卖力。她夸我是不可多得的帅才，才短短七八个月，新媒体部就战绩显赫，令人钦佩呀。我没吭声。她让我喝茶，忽然轻轻叹气。我知道，她的“但是”来了。她说新媒体部走到今天非常不易，要是这么散了就太可惜了。我还是没吭声。她说事件经过刘振第一时间做了汇报，她现在关心的是，谁先动的手？我答，石冲。她说，那就好，我担心他万一报警，我们必须统一口径。我说，他要敢报警早报了，我猜他会跑来找你吐苦水的。恶人先告状嘛。她笑着叹气，嗨，现在的孩子。我没说话。她又说，你和米苏？我看着她，说，我们在谈恋爱。她狐疑地看我，端起茶杯啜了一口。杜总，你也许不太信任我，或者说你还不太愿意信任我，但我今天是以同事的身份找你聊聊的，千万别有太多想法。我说我没有太多想法啊。她说，你今年47？48？米苏，才19，刚上大二？对，没错。你我都是过来人，我希望我们之间可以坦诚聊聊这事，我女儿今年21，所以我挺能理解石冲啦、周沫啦、王雷啦这帮小伙子到底怎么想的。

我把茶盏里的茶一口喝掉。

怎么想的？

我能揣测他们的想法，毕竟我女儿跟他们年纪相仿。

他们怎么想的关我屁事。重要的是，我和米苏，我们怎么想的。

她望着我。茶有些凉了。

我的意思是，我觉得吧，你们俩——

怎么？

我会找她谈的，待会儿，咱们聊完了我也找她聊聊。你看行吗？她忽然小心翼翼。

没问题。

现在的孩子真是，你很难弄清楚他们要什么

不要什么。90后，哎，都说这代人完蛋了。

你不是挺能理解他们想法的吗？

我的意思是，仅就这一件事情。

我摇摇头，又点点头。我告诉她，米苏是00后，生于2002年1月，摩羯座，和我这个水瓶座非常搭。我把她逗乐了。她咯咯直笑，有种少女般的天真。我想象她19岁的样子，应该是个好看又可爱的姑娘。

丁总你不信星座？

是啊，我上年纪了，越来越不太信这些东西。星座好像——

不靠谱？

她不再笑了。

算了吧，杜总。

什么算了？

听我一句劝。如果你还想保住你现在的位置，你的薪水。一个部门负责人和刚来不到两个月的实习生好上了，这种事情，无论如何都有点儿过了。更何况，你还打了下属。你一个70后，对一个90后动了手还把人家脸打破了。如果集团严肃追究——

我一声不吭。

考虑一下我的建议？米苏终止实习是肯定的。再就是，你得写一份检查，我交何总，听候他的发落。

检查我就不写了，我说，我想当面找他汇报。

她搓了搓手。也好。

我前脚回办公室，后脚米苏就被她叫去了。她们聊了很久。米苏出来的时候眼圈通红，我约她去天台，她回复我说，下班再说吧。下班后我们直奔天香园过桥米线店，要了两套48块的过桥米线。她简单说了说经过，丁总让她从明天起终止实习。至于我，她尊重我的意见，力争与何总面谈。

就这些？

就这些。

你为什么哭了？

难过呗。明天我就收拾东西。以后再也进不

了办公室了，再也不能在上班的时候见到你了。

她眼圈又红了。

没事的，小苏同学，没事，你过来。

她挪到我面前，我抱了抱她，在她耳朵上亲了一下。她有些抗拒，身体稍稍后撤。她在发抖。

还说什么了?

问了我家里情况，我的实习情况。

还有呢?

米苏抬头看我，目光轻盈潮湿。我知道她看似柔顺，骨子里却很坚强。不过，毕竟才19岁，还是个孩子。

丁总劝我不要心血来潮，多想想学业啦未来啦父母啦，说我还小，不知道什么是爱情。让我务必劝劝你，在总裁面前一定要低头认错，不找任何借口。她还说，她实在搞不懂——

什么?

实在搞不懂，我为什么心甘情愿做一个老男人的——

什么？

小情人。她是这么说的。她这么说的时候笑了，我没笑。我说没别的，就因为我喜欢他，爱他。就这么简单。她一下子挂不住了，笑容消失，脸沉下来，说你知道什么是爱吗？你谈过恋爱吗？我说当然谈过。我不是处女了丁总。她的脸唰地就红了，说要是她女儿说出这样的话来，她会气个半死，没准会扇她一耳光。我说真的吗？丁总你真这么想吗？她说是的，这种事情要是发生在她女儿身上，她一万个反对。绝不让19岁女儿跟一个48岁的半老头子而且是离过婚有孩子的半老头子谈情说爱。那简直是不可理喻的疯狂，是亵渎。我问她亵渎了什么，丁总你信上帝？这种行为亵渎了你的上帝？她说，差不多吧。差不多就这意思吧。我告诉她，丁总，我读过圣经。不不，她说我是原教旨主义，即便圣经上这么写，那也得看具体情况嘛，毕竟我们是中国人。她说，有多少中国父母愿意把十几岁的女儿交给一个老男人呢？

她真这么说？

她还说，她很难容忍这种傻事，要是她的女儿，她会千方百计阻止她，甚至把她关起来，用铁链子锁起来。

天呐！

你听我说呀老杜。她话锋一转，说唯一的例外，只能有一种情况——

什么？

老男人品格高尚性情温和事业有成家财丰厚。也就是说，一个完美的老家伙。

你怎么说？

我说，天底下哪有完美？她说，对啊，正因为没有完美男人——不论老男人小男人，爱情必然以悲剧收场。现在无数小姑娘傍大款啦，傍高官啦，都不得善终；更何况，杜上也没什么钱呐，区区一个部门经理。你看上他什么？对，她问我，我到底看上你什么。

是啊。我笑了，米苏你到底看上我什么？

她使劲摇头，神情楚楚可怜。

她最后怎么说的你知道吗？她最后说，唉，想到自己女儿19岁的样子，想到她赤身裸体和某个老男人躺在一张床上，她恨不能一刀把老男人宰了。

她真这么说？

是啊。

我错看她了，我一直以为——

我们会是悲剧吗，老杜？

别瞎说。

丁总还说，爱情意味着一辈子、永远，你想好了？

你怎么说？

我说哪有什么永远呢？丁总您想多了。

哈哈，没错。

哎，老杜啊老杜，我哪知道我看上你什么了。

2

米苏是我在某大学执教的高中同学推荐来的，说这孩子不错，想找个地方锻炼锻炼，文笔没得说，应该是她带过的学生里拔尖的，对付我们公众号文章毫无问题。我说欢迎。下午她出现在办公室，我同学没带她一起来，她自己坐地铁来的，路上花了一个半小时。我奇怪初次见她时没有太深刻的印象，就一个普普通通的19岁孩子，穿一件后来经常穿的浅绿色翻领套装，画了眉毛和眼影，偏瘦，瓜子脸，眼睛不算大，没戴美瞳之类的东西；淡淡的香味并非来自香水，我猜是护肤霜和洗发水的味道，牛仔裤下面的皮靴稍有些廉价。学生嘛，只是个大二学生，这身装扮与身份挺契合的。我把一堆素材交给她，希望她尽快写出一篇公众号文章。让人吃惊的是，下午四点多，文章已经打印出来放我桌上了。

文笔清晰流畅且不乏深度（思想）。我很吃惊。

下班的时候我问她，还回学校？她说今天得回去，先坚持几天，然后在附近租房。我提醒她，她没有多余收入啊，就一千块实习工资，够付房租？她说她父亲会支援她的，杜总放心。我沉默片刻，问她，你家里就你和你爸？她点头，不再往下说，我不便再问。我给她支招说，附近永安路的老小区环境不错，房租也便宜，不妨看看。她笑笑说，谢谢杜总。之后，她两手从身前放下来，低头走出去。我这才发现其余几个孩子早已下班，办公室空荡荡的。我站在18楼茶水间往下看，昆明城区沉重压抑，很多街边店铺不是提前打烊就是关张了，不少店面玻璃上写着旺铺转租字样。经济下行压力正在变成血淋淋的现实。天空逐渐变黑，远处，东北方向亮起最初的灯光，之后大片大片光线像感染一般连缀起来，天色迅速黯淡，灯光掩映的街道终于释放出伤感又璀璨的魅力。几分钟后，我泡了一杯黑咖，慢慢喝掉，关灯，乘电梯下楼。

次日公众号就发表了米苏的第一份作业，当然也是一篇漂亮的关于云南旅游地产的诗意盎然的长文，阅读量在晚十点前已经冲到九百多。我把她叫到办公室，问她平常喜欢看什么书，她说主要是小说，其余兼顾社科和哲学。我问书名，她说，《魔山》《卡拉马佐夫兄弟》《八月之光》《太阳照常升起》《复活》《安娜·卡列尼娜》《包法利夫人》……以及，福柯的《性经验史》《疯癫史》，多部弗朗西斯·福山的政治历史著作。我大吃一惊，说新媒体部要是人人有你的阅读量就好啦。她说周沫、石冲等人编的公众号文章她读过，挺好的。我说，真的？你真觉得挺好？她笑而不答。沉默延续了几分钟。她坐在我对面沙发上，有些好奇地打量我狭小的办公室。我惭愧地发现她读过的这些名著我一概没读过，最多听说过。她说，《魔山》挺棒的，可以读，托马斯·曼的代表作。我说，好的，好，一定找来读一读。不是找，是买。她提高嗓门。我说，好，我买。又是短暂的沉默。她问我，杜总至少看过《堂吉诃德》吧？我暗暗松了一口气，说，看过，很喜欢。她的脸忽然绯红。那只黑色尼龙面料的背包很小，带子窄窄的，在她肩上勒出印痕。她穿一件粉色羊毛衫，领口微微敞开，露出小而白皙的肩胛骨。皮靴换了，一双平底黑皮鞋。我问她，房子找好了？她说，快了。哪里的房子？就是你介绍的永安路老茶叶公司宿舍区的房子。多大？一室一厅，每月一千五，挺好的。那不是超了五百？哈哈，我爸让我不用担心，他来负责。他在哪儿？宁波，浙江宁波。哦，对，你是宁波人，我差点忘了。又一阵沉默。后来我们意识到我们又成了最后下班的员工，我忽然感到抱歉——她还要搭乘一个多小时地铁赶回遥远的学校啊。

乘电梯下到一楼，她向我道别，我说，要不，我送你到地铁站？她说，好，谢谢杜总。

我们步行。其实不远，从公司大楼到地铁站最多五六百米。路上聊了聊工作，她一针见血：我们的公众号文章太故作高深了，并未考虑读者感受。我说是吗？你这么看？此时天色黑下来，我想起在公司玻璃窗前瞭望的城市景象，想起玫瑰色的夕阳。我知道她的看法是对的。周沫等人摆出一副科班出身的架子高高在上指点江山，只是为了掩饰他们对贴近受众的无能和乏力。自然，某种专业性和技术性的语言也更容易蒙混读者。她又说了说排版、字号、标题的瑕疵。我惊讶于她对公众号之熟悉。地铁站到了。她挥了挥手，略显急促地说，杜总再见。我也挥了挥手说，再见。

此后第四还是第五天，她告诉我，房子租好了，该置办的小东小西也都置办好了。我又吃了一惊。她一直埋头工作，哪来时间悄悄干了这么多事情？这么快就安顿好了？公司居然没帮什么忙。我说，我送你小礼物吧。她笑着说，谢谢杜总，但是，哪有送人礼物提前说出来的道理？我说，那怎么办呢，说都说了。她说，哈哈，当我不知道吧。千万别告诉我什么礼物就行。那天晚上我特地买了一大束百合，在楼下简单吃了东西就给她打了电话，她告诉我永安路茶叶公司宿舍怎么走，我按其指示很快找到一处僻静、年迈的大院，这里背街，由几条窄巷、小街连接起来。路上不时出现踩共享单车的年轻人，几家小杂货店、水果店敞着门。我进去，一望便知是20世纪90年代的大院风格，老单元楼墙面还镶着细碎的白石，靠主街一面墙壁也粉刷过。一单元，我刚找到就听见她下楼的脚步声了，很急，一路小跑，突然出现在楼道口，笑着说，你太准时啦。我把花递上去，她满面通红，连说三次谢谢。我随她上去，三楼。这栋老建筑还算干净，楼道虽窄，并不脏乱，有淡淡墙漆味。她说物管刚做了一次翻修，房子总体不错，再就是离公司近，步行最多十来分钟。301，她掏钥匙开门。标准一室一厅，客厅兼饭厅还算大，另一间就是卧室；饭厅桌子上放着电脑，她说这里也兼做书桌；所有家具都小小的，简简单单的，刚够用。窄窄的蓝色布面沙发边有小书柜，摆满了书。我凑过去抽出一本，是福克纳的《我弥留之际》。她说书柜是她刚从二手网上淘的，书是自己的，前几天专程从学校打车搬过来。我有些吃惊，谁会那么老远打车把书都弄过来呢？而且还非要买个书柜？

没有花瓶，她临时找来阳台上一只土陶罐子，洗净，放了水和盐，插入百合，屋里香气弥漫。

租了多久？我问她。

交了半年房租

啊，半年。不回学校上课啦？

整学期都是实习课。

她问我听歌吗？我说，什么歌？老歌，她说她喜欢老歌，不太喜欢新歌。怎么听呢？

你等着。

她从卧室拎出一只小巧的白色雅马哈音箱，插上电，掏出手机，连接蓝牙，问我听什么，我没办法回答。

她把歌曲调出来的时候我偷偷看她。她抬胳膊时露出蓝色运动裤和白T恤之间一小段雪白的腰，紧绷绷的，没一丝赘肉。我移开目光。第一首歌淌出来，居然是蒂朵的《白旗》。我说你也听蒂朵？你们00后，还听这么老的蒂朵？她说听呀，好听嘛。她这只小雅马哈音质很好，远超我预期。蒂朵对细节的处理忧伤而深邃。我们默默听完，她问我喝什么，我说，咖啡或茶，都行。她好像早有准备，进厨房给我泡了一杯黑咖。她应该知道我爱喝不添加任何东西的黑咖。我这点癖好在公司里不是什么秘密。外面，天黑得极快，从屋里望出去可见对面楼顶几簇霓虹，大多是夜宵店的广告。《白旗》放完，第二首蒂朵的歌出来之前，我问她这地方吵吗？不吵，她说，也就几百米外的夜市稍有点响动，但基本上可以忽略。在屋里待着，写写东西，还是挺舒服的。

你还听什么？我问。

阿黛尔、涅槃、凯莉·克拉克森，以及，几个日本歌手。

她说了几个很新的名字，我全没听过。

此刻蒂朵的歌声高冷优美，酷似刚刚清洗过的湿漉漉的街道。

电影呢？看什么电影？

伯格曼，今村昌平，黑泽明，费里尼，安东尼奥尼。

真的？我隐隐觉得她似乎为了盖过我才这么说的。她一口气说了一堆大师及其杰作，说她最喜欢的电影，非伯格曼的《假面》莫属。我惭愧地说我还没看呢，有机会的话——我舔了舔嘴唇，说你们这帮孩子也太生猛了，她说她的同学也并非都这样，她是例外吧，早早加入豆瓣某小组，和学校文学社也过从甚密，经常参加他们组织的文学讲座。

这么说，你的理想是，我小心翼翼地说，艺术家？

哈哈哈，她大笑，不知道，我还不知道我想做什么呢。也许，作家，文艺评论家？就在网站上啦杂志上啦写写东西什么的，养家糊口。

不想留在公司？

没想那么远呢。

也对，她还是个孩子。

我问她一日三餐怎么解决，她说从她搬进来至今自己做饭，实在没空才下楼吃碗米线面条之类。吃不是问题，离此不远就有菜场，很方便。我们又不说话了。蒂朵的另一首经典老歌在我们之间流动，但我无论如何想不起歌名，也不想问她。歌声让我想起昆明极少见的下雪的冬天。我们坐了很久。外面灯光越来越亮。她进厨房给我端来一盘零食，开心果、花生和杏干，我说不吃啦，晚上一般除了水果不敢多吃。她有些窘，说她昨天买了苹果和梨，我到之前刚来过几个同学，全吃了。

有男朋友吗？我说。

暂时没有。她笑着说。

我不再问了。她默默喝茶。我此时才意识到她的性格稍显内向，跟其余来我这儿实习过的姑娘们没有太大区别。不过，她们也都大大方方的，偶尔才会羞涩腼腆，就像对某种事件颇不理解又不敢和不便表达。总体上，她似乎比她们都轻盈多了。对，一种无声的轻盈，让人不由自主停下来，产生倾听和关切的欲望。可她的话又偏少，能不说就一概不说。我们听完差不多六七首蒂朵的歌，不约而同地感到某种重而大的东西从她歌声中溢出，在这个小小的白色房间里扩散。

我似乎睡着了。歌声终止，留下长长的空白。我意识到，我该走了。

3

无论如何，她还是个孩子。何总说。还只是个刚成年的孩子，老杜，你真是——他欲言又止，想数落我又找不到合适的词，想痛批我又觉得这把年纪说什么也白搭，我还有什么不明白的，还有什么不可接受？且不论你在会议室殴打下属，他说，单说你们俩，你和一个00后的，所谓爱情——我打断他，不是所谓，它就是。我们之间是如假包换的真正的爱。真正的爱？你什么意思老杜？娶她？你会娶她吗？娶一个还在上大学二年级的孩子？我看着他，这个发量仍然惊人的60后，这个疲倦虚胖的家伙很可能赚再多钱也换不来一次真正的爱情了。他的乐趣仅限于赚钱本身了。我有点可怜他。我说这不是娶不娶的问题啊。我靠，他直接粗口，不娶她？玩玩？老杜啊，她就是个孩子——

我没吭声。我知道这种时候说再多也白搭。我原以为他什么都理解。他是饱经风霜的60后，五十多岁的著名企业家，真不明白我和米苏之间发生了什么？或出于尊严，故意揣着明白装糊涂？我一直沉默。我想我的沉默已经说明问题，我想他应该明白我不用多说就能把我的感受和盘托出。我望着桌上茶杯，不错的柴烧，咖啡色，精巧别致，符合他的身份。我一直认为我们之间是可以沟通的心灵上的伙伴，并不局限于简单的上下级关系。果然，他一面喝茶一面轻声笑起来，看着我脑后墙上某个点，某人送他的书法条幅，“何事惊慌”。他一直在残酷的商业战争中履行它，尽可能找到稳妥的解决之道。我知道你的意思，老杜。上午刚听说我就明白了，我知道你还不至于祸害小姑娘，你不是一个不懂分寸的老家伙。我轻轻点头。但是，他说，毕竟出了那么大的事情，前无古人后无来者，我必须对大伙儿有个交代。他看我的眼神像从前一样坦荡。我知道他不会让我失望的。这样吧老杜，让石冲走人，你呢，道个歉，我的意思是当全集团高管的面给他道个歉，事情就此了结，如何？我打量他，发现他憔悴不少。一个年近六十的男人实际上不必太拼了，他和他的旅游帝国不仅在云南，在全中国也已经是超级别的庞然大物，先后染指体育、文化、电影和保健，据说还要向时尚界进军。但我们心里都清楚，我的新媒体板块换了带头的也许很难做成今天的气候。我端起茶杯，像从前一样称他何兄。是的我一般不叫他何总，他内心也应该很抗拒我那么叫他。这样吧，我和米苏，都走？让不让石冲走，你定。他很惊讶，愣了十秒甚至更久。别意气用事，老杜，现在找个差事尤其是符合自己理想的差事越来越难啦，你马上五张啦老杜，当然，我清楚你的想法，你真正的想法。我累了。我说，这几年我太累了，我想休息。你去哪儿？有人挖我墙脚还是你一下子灵魂出窍大彻大悟？不是。就因为米苏？我沉默。那这样，他说，不必当全集团的面道歉，就在我这里，就我们三个人，你，我，石冲，你端一杯茶给他道个歉，我做个见证，如何？所谓冤家宜解不宜结，他只是个90后，乳臭还没干呐。我笑了，那就更不用道歉了，何必多此一举？你给我个面子。他说，眼巴巴看着我。我不知道该怎么回答。话一旦说出口就再难挽回了。

行，何兄。听你的。

我不觉得你是真心的。

不重要了。真真假假，不重要了。

快五十的人了，怎么像个孩子。

谁又不像孩子呢？但我没说出来。

我回办公室。此时米苏就坐在工位上，忽然回头看我。隔着玻璃门，我看不清她的脸。她发来微信：你辞啦？

还没有。我答。

她附上一个笑脸。又说：嗯，别呀，你不能辞。

我也不太清楚。

冷静。一定冷静。

我非常冷静。

那就好。我担心你。

没事，放心吧。

下班后见？

下班后见。

我将周沫、王雷叫进办公室。我故意将门敞开，要让外面每一个人都听见。

周沫，这个獐头鼠目的家伙一年前还是我亲自面试的，当时觉得这小子写文章还行，颇有五四遗风，整天把鲁迅张爱玲挂在嘴上；王雷，早在文旅集团的时候就跟着我了。我了解他，以他的能力只配站在天桥上给过往行人散发小餐馆打折传单，要不是当年我将他从天桥上解救出来，他也许连发传单的活儿也被人撸了。他长着一张大白圆脸，整个儿像发酵的面团膨胀了三倍不止，已经是标准的大白胖子了。他们进来坐下，我沏茶，各斟了一杯。无人敢端起杯子，低头看着地面。

为什么写举报信？我说。

什么？没有啊，没有，老杜啊——

谁是老杜？

啊，杜总，我们没有，没写过任何举报信。周沫撅着老鼠般的尖下巴看着我，眼里充满恐惧。但是，他想来狠的，我能看出来。大不了鱼死网破。他做好了最坏打算。

何总都告诉我了。我们对比了你们的公众号文章。就是你起草的，对吧？而且，三封信，都是你写的吧？

他满脸通红。

没有啊杜总，冤枉啊，我冤枉——

我转向王雷。

你不想说点什么？

大白胖子垂着脑袋盯着鞋尖。

把实情告诉我，一五一十，告诉我。兄弟，别忘了我们在文旅集团怎么遭人陷害的，又怎么浴血拼杀的。你了解我，我最痛恨的就是背后捅刀子。

他仍垂着大脑袋一声不吭。

说啊，说出来。

他像白痴一样哼哼了一下。

把你知道的告诉我。

他还是不吭声。

还有小褚吧？叫他进来。

王雷急忙起身，将小褚从工位上唤进来。这

个一直装腔作势卖萌的漂亮小子绝没料到我会突然袭击。他绷着可爱粉嫩的脸蛋凑到他们身边，坐下。三人挤在我的小沙发里瑟瑟发抖。我笑了。哈哈大笑。他们全懵了。小褚看着王雷，王雷看着周沫。周沫看看我，又看看王雷。之后，周沫挺了挺脖颈，以“一不做，二不休”之势直面我。王雷继续耷拉脑袋。小褚一脸懵圈，显然是装的。

我知道你们三个加一个石冲，给集团写了五封举报信。三封出自周沫之手，另外两封，一封小褚操刀，另一封，石冲操刀。幕后主使，石冲。没说错吧？要说错了你们纠正我。

没人吭声。

是不是？我猛然大喝。

他们吓一大跳。周沫手里的茶直接洒了。

不说，就是默认。是吧，周沫？我故意激怒他。

我没有。我没写过。

是爷们就承认。脑袋掉了不过碗大个疤。

好，好，他跳出来了。是我写的，咋啦？我

们觉得不公平。

好，我拍拍手。很好。哪不公平，我洗耳恭听。

你给米苏的照顾太多了，已经远远超出了领导对下属的关心，所以——

接着说。

你还把石冲的工作量给她一半还多。

哦，哦，工作量。

是的，本来是石冲的，不是她的，你不能都——

我核减了她的考核任务，还是硬把她的任务压到你们头上了？

我不是那个意思。

回答我的问题。

我的意思是，你偏心，你一直把重大题材交给她写，还把月度好稿评给她，我们觉得——

她是实习生啊。你们不知道她是实习生？不知道实习生就该多练多写？

不是，我觉得吧——

说，都说出来！

还有啊，还有，你带她吃饭也就罢了，为什么还拿到财务报销——

放屁！我大骂。我知道此事必然也有文岚的份，她也是我从文旅集团带来投奔何总的旧部，接待吃饭的发票我历来交给她，但我从没给过她我和米苏吃饭的发票。从来没有，一张也没有。唯一的解释，只能是文岚这个环节也出问题了。文岚说的？是她告诉你们发票是我和米苏吃饭用的？

他挺着脖颈。

我大叫，文岚，你进来。

她站在门口。办公室再没地方了。那就站着吧。我愿意看她站着。她长我一两岁，马上五十，一向忠心耿耿，我不明白我如此信任的旧将，当年和我在文旅集团浴血奋战的朋友什么时候突然反水的？他们，几个手无寸铁的90后怎么让她入了伙？我问她，为什么把业务发票演绎为我请米苏吃饭的非正当报销？

她掐着手指。

我拿出五封信，放在桌上。我从心底里感激何总。

他们低着头，一言不发。

还有吗？周沫，还有吗？说吧，都说出来。我尽量心平气和。不能再惊动总裁办的人。

总之，他说，我们觉得不公平。非常不公平。你对一个实习生的态度已经超出了正常的老总对待实习生的态度了，你不应该这样。公司不鼓励办公室恋情吧？你作为公司高管，更要以身作则，尽可能约束自己。你明明是我们的领导，怎么能言行不一，忽然变得，变得面目全非，不再是我们信任的钦佩的领导了。你这么做对我们非常不公，对集团也非常不公，你制造了非常不好的办公室气氛，你让我们觉得——

觉得什么？

恶心。

哈哈，我让他们恶心了。一个70后找了一个00后，多恶心。

文岚盯着窗外，眼神轻飘空洞；再看王雷，

还垂着硕大的脑袋；小褚看看周沫又继续看着地面。周沫面红耳赤，三角眼闪闪发亮，像被邪恶之火彻底点燃了。

文岚，你没什么要说的？

她微微抬头，一手叉腰。我再熟悉不过的姿势。

周沫说得没错，你忽然让我们感到陌生，你不再是你了。你让我觉得——

也恶心？

她轻轻摇头，深呼吸，尽可能语重心长，像从前那样。

轻飘飘的，像羽毛。你明白吗？

我没说话。

我忽然为自己感到羞耻。她说下去。不是因为你和你们。我觉得办公室完全不一样了，彻底变了。成了你个人的，你杜上自己的地盘了，我们都成了小心翼翼伺候你们、服务你们的低级生物，完全无足轻重。你不觉得，这种办公室氛围，这种上下级的爱情，哦，抱歉，你们连上下级都算不上，她只是个实习的，还不是公司正式员工。请原谅。

你这么看的？

凭什么呢？凭什么？她死死攥着指甲，攥成拳头。瞪着我，目光凶狠可怕。凭什么呢？凭什么一个实习生就把你搞得神魂颠倒？就把我们上级，我们头儿，当年那么正直勇敢的头儿夺走了呢？就因为，她比你整整年轻30岁？

我一声不吭。

她消瘦的身体在发抖。我还感到羞耻。深深的，深深的羞耻。这种戏码可以发生在任何人身上但不应该发生在你杜上身上。我就这么想的。团队就是这么被你一手破坏的。我每天都活在深渊里，杜总。每天。自从这个米苏来了之后，我们全部的激情啦、爱啦、付出啦、责任啦，忽然变得——

什么？

一钱不值。

她热泪盈眶。

我逐一打量他们。

不是我们的问题。是你们的问题。我说，我

和米苏，我们在谈恋爱。我们好了。我爱她，她也爱我，明白了？

可你不是早就结婚了还有一个儿子？

一年前就离了。没儿子，我儿子死了。

他们目瞪口呆。

我和米苏是恋人，我们堂堂正正地爱着对方，不开玩笑。

没人说话。文岚一声不吭。

鉴于你们这些下三烂的阴招，你们四个，包括你，文岚，请今天之内把辞职报告交上来。收拾收拾，滚蛋。

4

冬天的昆明黑得飞快，且早晚温差很大。通常从我们写字大楼出来走到茶叶公司小区天就全黑了，街头笼罩着灰蒙蒙的东西。路面反而干净，和环城路主街的纷乱嘈杂有天壤之别。我第二次去她住处时带了很多苹果、香蕉和梨。进屋后，她手持蜡烛的样子很陌生，像电影里的女恐怖分子。我笑了，她带我找到电表箱，检查闸门，推上去还是没电。她说今晚自己做烤面包，也许电路超负荷运转导致短路。我四处查看。没用，闸门推上去后立马跳闸，再后来就推不上去了，彻底失效。我问她有没有找过物管，她说半小时前就打了电话，迟迟没人接听。没人值班？她说老小区就这么回事吧，其实连严格的物管也没有，只有大门值班室的人管事，因为物管费很少，人家自然懒得搭理。我下楼找小区值班室，一个大约七十岁的小个子老头蜷缩在昏暗狭小的岗亭里，说隔壁小区有电工，负责这一带电路维护，现在嘛，太晚了，也太冷了。我偷偷塞给他十元钱，让他务必想想办法，老头子哼哼着，说，那好，他试试看，但不敢保证能找到人。

我回到楼上，烛光下的米苏小屋俭朴温暖，虽然没有电热器的夜晚挺冷的。我们坐在沙发前的薄地毯上，她聊到她爸妈，妈妈去年查出乳腺癌，半年前去世了，我急忙道歉；她说爸爸刚退不久。

实际上是内退，妈妈去世对他打击太大，一直缓不过劲儿来，干脆退休。我安慰她说，世事无常，生老病死谁都躲不掉，死者死矣，活着的务必往前看。她问我，你能想象真实发生在别人身上的痛苦吗？我点点头，又摇摇头。她说，她曾经以为她也能为妈妈的疾病感同身受，但是，不知为什么，这件事情（妈妈生病、去世），因为不在身边，她的感觉非常漠然，即便后来赶回宁波仍是漠然的，似乎躺在殡仪馆里的妈妈和自己并无必然连接。不，她能感到血缘上的丧失之痛，但它迅速消失了。也许，妈妈遭受的痛苦太多，走了反而解脱了，所有人也都解脱了。最近她开始反思，为自己感到可耻，似乎背叛了妈妈。癌症确诊消息传来那天她明明哭了，但其中到底有多少切肤之痛呢？换句话说，我们是否真能体认他人的痛苦？哪怕最亲近的子女也对此感到某种疏离，比冷漠和背叛还糟糕。就好像这件事发生在一个陌生人身上不是妈妈身上。甚至，你也许暗暗期待死亡终结病痛也终结所有人的焦虑，这到底为什么呢？就因为人人生来自私？没别的原因，想来想去，她觉得一定如此，一定因为自己骨子里的不可逆转的自私。她该不该感到羞愧？为我们的自私羞愧？每个人都是恶的？我无话可说。无法为她提供任何建议。

你呢，你从来没为什么事情感到羞愧？她说。

很多，但是——

但是什么？

我摇摇头。不太想聊这个。

你父母呢？

还好。正在老去，正加速奔向死亡。庆幸的是，他们还活着。

真好。

你爸呢，他还好？

还好。内退以后又找了一个女人。

我不知道该说什么才好。

让人惊掉下巴的是，这个人，这个女人，竟然是楼下小超市的小老板。一个五十来岁的胖乎乎的老女人，每次见她，去她店里买东西我都会想起周星驰电影里的包租婆，不过她笑呵呵的，从不大声嚷嚷，也不抽烟烫头。

我笑了。

你该支持你爸。老人嘛，得有个伴儿。

可他59啦，马上60。

60不老。

我的意思是，他和我妈好了几十年，三十多年吧，怎么能在她刚去世半年就另觅新欢呢？这事我无论如何想不明白。

也许，他太爱你妈妈，太痛苦，你又不在身边，他赖以撑下去的，只能是另一个女人。

也对。我能想象他在家的样子，一个人没事就下楼买点小东小西。经常不在家里做饭，没准就去老板娘家里搭了伙。

他们是成年人了，你不必——

嗨，都糟老头子啦。

要宽容。尽可能地宽容。不然就成了周沫、石冲一伙啦。

她给我泡了一杯柚子茶。停电没有热水，冰

凉的矿泉水加蜂蜜和柚子汁喝起来倒也令人舒爽愉快。她又给楼下值班室打了电话，说电工就快到了，十分钟吧。短暂的沉默，我听见寒风吹在玻璃上的声音，细碎轻盈。灯光洒进来，屋子朦胧暗淡，烛光令其有增无减。我看不太清她的轮廓，我似乎在面对一个老人，一个也许比我年纪更大的上年纪的家伙。我笑出声来。

不好意思啊，杜总。她误解了我的意思，有些窘迫。我也没想到断电那么麻烦。

没事。我稍稍感到失望。为她的道歉。她聊了聊宿舍的几个家伙，聊到一只猫。一个江苏女孩居然收养了一只流浪猫，在宿舍里养了很久，直到被宿管科发现后勒令送走。那天她们四个女孩哭得稀里哗啦，半个月后，江苏女孩搬走了，谁也不知道她去哪了。班主任说她申请病休，半年后才返校。我说我真没听说过，大学生还能擅自离校。米苏说她们也很吃惊，惊讶之余又非常羡慕她钦佩她。我不解。她说你想啊，她在完全按照自己的意愿生活。不是病休吗？不是，她再也没出现。我们新年的时候收到她从马德里寄来的贺卡，她说，她对所学专业失望透顶，所以，她选了一所马德里的大学，马不停蹄飞过去进修了。我们的羡慕嫉妒立即变成悲哀，为我们自己感到悲哀。她太有勇气啦，说走就走，并且，她在明信片上表示，她选择了马德里某大学她一直想学的专业，电影。她最大的梦想是当一个电影编剧，她将从马德里起步。这简直是我们想都不敢想的壮举。我没吱声。米苏说，她家里其实没什么钱，出国留学的费用七拼八凑，到了马德里就在一家华人网络公司打工。她很快乐，她说，非常辛苦也非常快乐，说最多两年就把亲戚的朋友的钱都还上。她相信她能还上，并且，她说，她明年三月直飞巴黎，为一部九十分钟的电影撰写脚本，导演在欧洲小有名气，一直拍摄小成本文艺片。她还说，再不济，她还可以联合一帮志同道合的朋友撰写话剧剧本，力争进剧院演出，对此她是有信心的。

这么说，一只猫彻底改变了她的人生？

哈哈，还真是。要是那只叫康熙的猫还在我

们宿舍，还那么完美地活着——

它叫什么？

康熙。康熙皇帝的康熙。

我大笑。

我想找出她老爸故事和这位同学故事的隐秘联系，但失败了。沉默片刻，她给我加了点凉水。霓虹突然亮起，匕首一般捅进屋子，眼前骤然惨白。我们颇不适应。她吹灭蜡烛。外面响起一个老男人的嗓门，301，修电闸？她高声答应着，打开门，男人闯进来，带着一身机油、香烟和汗水的混杂气味。他摁亮手电查看了电闸箱，告诉米苏，是总电路的问题。然后不慌不忙下楼。米苏追到门外问他，多长时间能修好？没有回答。米苏回来时有些生气，说，这些人怎么这样呀。我说，少安毋躁，应该快好了。她坐我对面椅子上，两手插在运动裤兜里，黑羽绒服大大的，像只巨型面包。我看不清她的脸。我问她，你爸知道你搬出宿舍了？她说，知道。他把钱给我转过来了。我们谁也不管谁。我不过问他的生活他也不过问我的。然后她稍稍低头，长发垂在一侧，挺拔的鼻梁绷在霓虹下面。他通常每月给我打钱，每月五号，从没落下。

灯突然亮了。电路恢复。

适应了几分钟后，我起身告辞，叮嘱她注意用电，电热毯啦、取暖器啦、微波炉啦千万别一起用。她一再谢我。最后说，她刚找到一首好听的经典老歌，要不，听完了再走？

是熊天平的《一个人流浪》。前奏刚起来我就惊呆了。这歌少说二十年了，应该比她年纪还大。她怎么会听我们70后的经典呢？又怎么知道我当年多么爱这首歌呢？多久没听它啦，少说十年。当年我也像她一样租一个破房子躲在昆明城边，用CD机听熊天平、齐秦、Beyond、赵传。你看，从歌单歌手你就知道我也许是个忧郁的家伙。“说好一生一世去流浪，把诺言顶在头上，靠在肩膀……”我再次被纯净锐利的歌声击中。我激动起来。高潮部分精湛、完美。巨大的情感漩涡引起某种深深不适，来自二十年前的伤感孤寂似乎一直没得到缓解。我心脏跳得非常厉害，有流泪的冲动。

我没说话，也没动弹。待乐声渐渐平息，视野内一束微光，像黎明出现的淡淡一束微光，消失了。我半天没动，直到她说，再来杯黑咖？不了。我说，该走了。我出门。她向我道别，我下到二楼，听见她轻轻关门的声音。楼道很暗，我走出去，外面雪亮，没有一个行人。霓虹会带来视觉和心理的困扰吗？我奇怪她似乎无感，也许为了抵挡独自一人的恐惧吧。

5

文岚问我能否谈一谈，我答应了。我们约在楼下不远的麦当劳。我奇怪自己干吗选了这个地方，也许，有时候，我和米苏中午没地方去的时候就会来这里。我们要了橙汁。文岚梳中分，不长不短的头发耷在脑后，稍显杂乱，很多地方竟然花白了，我过去从未留意。她比五年前我们在文旅集团的时候老了很多。脸上、眼角的皱纹犹如刀刻，并且，明显比过去瘦了。我一直觉得她只是办公室角落里一个重要的存在，从未深究其状态是否随时间的流逝发生了改变。每个人多多少少都会变的。我哪想过我居然和一个能做我女儿的实习生谈起了恋爱？她谢了我的橙汁，她的微笑拘谨、刻意。我能想象她内心的波澜，既不甘心走掉，也不希望背负叛徒的骂名。我想努力回忆我们当年并肩战斗的时光，但过去的事情过去了，我无法确定过去对现在究竟意味着什么。

你一定非常恨我。她说。

我没吭声。

你了解我。她说。我还不至于撺掇他们对付你。

是吗？

没必要。再说，我年纪还是比你稍大，我实在没必要——

有时候不必撺掇。你一句话，一个眼神，一次默许，也许，对他们都是鼓舞。至少是强烈信号。

你的意思是，我和他们连正常的同事间的交流也不允许？

允许，没说不允许啊，可他们必然认为你这位前辈的沉默，就是发给他们的通行证。你还不明白？

她苦笑，摇了摇头。

我可以走。没问题。她说。我今天下午就把辞呈放你桌上。但我还是要说，我从来没有指使过他们，从来没有纵容他们，从来没教他们怎么写那几封举报信。

你默许了。你没有制止。

她撇了撇嘴。盯着手里的塑料杯子。她没喝一口。我也没喝。我实际上很讨厌麦当劳出售的这么冰冷的东西，为什么非要加冰块呢？可这地方只有冰冻橙汁。我不再说话。什么也不想说。她所有的解释在我这里都解释不通。我承认她对我的伤害远胜其余几个小子。她可是我一手带起来的旧部啊，义无反顾跟了我那么久，偏偏在这种时候，她默许了他们的反叛。

你真离了？

是。

我一直以为——

我摇摇头。那么多年了，她对我并无了解。也难怪，我们一门心思工作，工作，工作。她到底怀着何种心情默许了他们？恨？一种毫无来由地要求我——她的领导必须纯洁无瑕的恨？

没什么东西是一成不变的，文岚。

是，我承认，她稍稍激动起来，问题是，老大，你大她那么多，你知道你们在我眼里就像是，就像是——

你说啊，说出来。

她使劲摇头。不，我不会说。不好。不尊重你，也不尊重我自己。

好吧。我想说的是，你怎么能否认爱情这种东西？我大她那么多怎么啦？哪条法律禁止？公司员工手册上也没有不许上下级谈恋爱这一条。你没看过《洛丽塔》？

看过。所以，是不伦的。

杨振宁呢？默多克呢？

他们是名人啊，老杜。你呢，你不是，你只是刚刚站稳脚跟甚至还没站稳脚跟的集团新人，就算部门经理也是新人，所以不能有任何闪失。我们不能让你，让大家，让这个团队有任何闪失。你明白吗？

你的意思是，五封举报信是为我好？为公司好？

首先我不知道他们写了举报信，其次我的出发点的确是为你好，为公司好。我不能眼睁睁看着你——

看着我堕落？包养小三？乱搞男女关系？

我知道何总是有道德洁癖的，所以，未必容忍你。也许，他表面上宽容你原谅你骨子里未必。所以无论这件事处理得多么漂亮干净多么偏向你这一边，你在他心里终究是减分的，懂吗，老杜？你忘了我们在文旅集团怎么跟那帮坏蛋斗智斗勇的？表面上一切风平浪静，背地里呢？背地里他们都干了些什么呢？所以千万不要低估任何一个表面上尊敬你看重你的家伙，即便此人是你老板。何况这件事情，你把石冲脸都揍开花了，影响太大了，他怎么可能释怀？

你到底要表达什么？

啊，不好意思，我说了那么多。她嘬一口橙汁。冰块正在融化。我要表达的意思你还不明白吗？我要表达的意思就是，总得有人从旁提醒你，就算是你的下属，就算这个人不值一提，你也应该知道你所做的事情，未必都是对的。我们怎么能保证所做的每一件事都对呢？

你击中要害啦。既然我不可能都对，你又何必揪住不放？

那就应该在你忘乎所以的时候提醒你，给你竖一块路标。再说，热恋男女的智商多么低下啊。

你是为我好？

她沉默。面色涨红，眼里有泪光。

既然是爱情，我说，我看着这张消瘦憔悴的脸。那就没有什么对不对的，就应该承认它的合法性。我不在乎何总怎么看我，我在乎他的想法干吗？至于你们，尤其几个小子的想法我就更不在乎了。我连人都揍了我还在乎个屁呀。有种，你告诉石冲，冲我来，我热烈欢迎他报复我，那样我就有理由拆他几根骨头了。你告诉他和他的小伙伴们，放马过来。我就这脾气，过去这样现在还这样将来也这样。我不会原谅他们，不会原谅背后捅刀子的人。左脸被打了伸出右脸？我做不到。

老杜你别激动。

我不激动。

好吧，她两只手摊在桌上。我要说的都说了，我保留我的意见。你多保重。希望你好好的。

这话让我心里一颤。我看了看外面，一个孩子蜷缩在门前，应该是等候他进了麦当劳买东西的妈妈吧。一个中年男人坐在长椅上，跷着二郎腿。店内生意还好，不停有提醒取餐的号码被大声念出来。背景音乐似有似无，我无法判断是谁的歌。太新了。也许连米苏都没听过。

你夫人，哦，前妻，还好吗？

好，挺好。

她看着我，摇摇头，默默叹气。

我们真以为你是因为米苏才——

当然不是。

沉默。我以为她要起身离开了。但她没有，似乎想多坐一会儿。也许是最后的相聚吧。她做好了最坏打算。

你呢？你老公——

我早离了。

我吃了一惊。什么意思？从文旅集团出来的时候你还好好的，还讨论了收养一个孩子的可能性。

是我的问题，一直是我的问题。最终他提出来了，外面找了一个年轻的，当然没有米苏那么年轻，也就三十多吧。也够年轻的对吧？

我不知该说什么好。

我不觉得他是认真的，我根本不觉得他是认真的。年轻嘛，新鲜。早上水灵灵的大白菜，可没到中午就蔫了，味道绝对比不了熬过冬天的更甜更好。我刚开始就是这么想的，没料到他当真了。离呗。我要房子要钱，他净身出户。房子和钱给我安全感，真正的安全感。各取所需。但愿他不后悔。

我还是无话可说。

人我见过。非常一般。文岚停下来，皱着眉头看我，又看看托着餐盘走到窗前座位坐下的一个陌生的年轻姑娘，其窈窕娇美像光一样扎眼。我是不是非常老了？老杜，你说实话。

我轻轻摇头。

我知道我老了。可是，我们难道就不该相信点什么东西？你说呢，老杜？难道，你就从没相信过你和你前任也能到头？

我说我信，当初，非常信。可是，信或不信什么也决定不了。再说，分分合合很正常。一个人过还是两个人过，没有标准答案。怎么舒服怎么来吧。她说，对啊，所以我眼下真舒服，一个人吃饱全家不饿。我没吭声，窗外那个孩子等来的不是妈妈，是爸爸，还非常年轻，上去就一个熊抱，将他高高举起，又横着夹在腰间，似乎在玩一件顺手的工具。孩子笑得，口水耷拉出来，在太阳下拽出一根亮闪闪的银线。我回头，文岚也发现了这个孩子，发现了和孩子玩闹的年轻父亲。她的目光有些恍惚。她低下头。橙汁我喝了一半。

回办公室不久，他们的辞职报告逐一交上来。我签了四个人的，唯独文岚的，我没签。

6

总裁办又找我，我只好又将那天的细节重复一遍，尽量与那天告诉丁总的没有偏差。我知道此事细节不可马虎，不容出错：当天下午的例会，我问了举报信的事情，问了谁向总裁办举报我的，没人吭声。我直接问石冲，是你挑的头吧？他说没有。我说是你，错不了。他让我拿出证据，我说我不需要证据。他说不带这么冤枉好人的。我说就是你，绝对是你！他跳起来说，老子不干了。我说，好，没问题。他破口大骂，脏话连篇。是的，我对集团总裁办小张重复这些脏话，它极其关键。我不能容忍任何人冒犯我的母亲。于是我朝他奔过去三拳将其撂倒。非常突然，速度奇快，出拳够狠。可他明显率先出拳的只不过并未命中。之后一片死寂。我没听见谁发出尖叫。文岚没叫，叶子、媛媛都没叫。男孩们也没叫。我想他们应该听清楚他骂我母亲了而且骂得明明白白咬牙切齿。爱因斯坦相对论说，时间之于空间不是永恒的，如果出现奇点或黑洞，时间可以弯曲空间可以返回。他那句恶狠狠的厉骂像奇点和黑洞一样敞开了，将我变成另一人，让我向动物性的杜上返回。因此，我强调说，我知道打人是不对的，不可原谅的，且在公司历史上绝无仅有，其负面影响难以估量，可我是男人，是爷们。还记得2016年世界杯决赛齐达内怎么撞翻马特拉济的？这种时候，我不可能装没听见，也不可能保持冷静。我平静的叙述似乎改变了他们的粗浅看法。我知道，杜总最近压力很大，小张说，我们也只是走走程序，应该是最后一次了，你放心。不过，最终如何处理还得何总拍板。我说这个我懂。小张补充，丁总负责递交处理建议。会从轻的，这一点请放心。我说，好，谢谢你们。

下午何总让我再去他办公室。这次他面带笑容，说上次的建议我考虑好了？我说，向他道歉？当着您的面？他点头。这回的杯子更小，是他特地找出来的哥窑精品，冰裂像绝美的蛛网一样散开，一头连接南宋，一头连接当下。他又憔悴了些，脸颊下陷皮肤黝黑。他说今晚直飞广州，又一宗大生意需亲自出马，但并未透露其他信息。是的，很多内幕还轮不到我。我喝一口茶，他问味道如何，我说好，非常好的生普。他冲我挑了挑大拇指，说，你行，南糯山今年的春茶，而且是八百年树龄的古树茶。然后又从桌下抽出一只盒子，打开，又一只小盒子，交给我。我展开，里面整整齐齐一小溜共十二枚指甲盖大小的精制茶砖，让我带回去尝尝，我郑重谢了他。沉默。空气凝重。他说，你我还真是劳碌命呐，凡事都要亲力亲为，好在老天爷是看得见的。我说是啊，没错，何总提点得对。他又说，这件事我要是不退一步，他就没法向兄弟们交代了——一起前所未有的暴力不可能就这么无声无息，希望我理解。他用一种悲悯甚至悲壮的目光打量我，没有一丝闪避滑动。这种事，眼前看巨大无比，但拉长了看呢？老杜，你至少在我这儿待小十年的吧，十年之后，这点芝麻绿豆还算得了什么呢？我没吭声，盯着地毯上一小圈褐色茶渍，想象某一天他的茶失手泼出来连杯子也碎了。就在我这间办公室，如何？就你我他三人，只要你答应，明天就让他走。其余人等你自己处理，我知道你已经在处理了。我咬了咬嘴唇。继续喝茶。清冽的回甘直接在舌根部位形成一小团漩涡，带着你的肉身向上飘去。一旦你愿意向下俯瞰，你会同意他的建议的：这点芝麻绿豆大的小事算什么呀。何事惊慌。五年。十年。十五年。我快五十的人了。我问他，米苏咋办？她？回学校。实习不能继续了，不可能继续了。这你同意吧？我摇了摇头。为什么？何总继续凝视我，像打量一只残破的茶盏。他很可能无法理解为什么一丁点茶渍永远收拾不掉了，或者，再也无心收拾。还能为什么？老杜你说还能为什么？他说，她回学校，回任何地方，不在公司出现岂不更有利于你们的关系？如果你真在乎她。我说我真在乎她，可她的实习期尚未结束，手头工作还没完成，也就是说她还没学到她应该学的东西啊，何况，这时候把她打发回去，学校怎么看她？同学怎么看她？他说你把现在的孩子想得太简单了，没这点心理素质，她怎么可能跟你谈情说爱？我没说话。他让我把茶叶带回去，显然要结束谈话。我说，怎么处理我，都行，但米苏留下实习。行吗，何总？毕竟，要处理了她就相当于我们理屈认怂。他想了想，终于点头。行，老杜，同意。他使劲拍了拍手。

石冲进来后不敢抬眼看我。他脸上的伤似乎好了，怯懦又得意地笑着。我端起茶杯说，抱歉，这事怨我，特向你赔个不是。何总说，这就对了，今天我是和事佬，希望两位握手言欢摒弃前嫌，将来还是兄弟嘛。我们各自表态，说没问题，全听何总的。然后石冲退出去。我把杯里的茶喝尽。他说，明早，他找米苏谈一谈，让我务必转告。

我带上他送我的好茶回办公室，米苏不在。我问叶子，米苏呢？叶子有些慌乱，说总裁办刚通知她结束实习。这会儿，早该回去了。她的工位收拾得干干净净，角落里留了一张三百毫米乘五百毫米的马蒂斯的《窗外的蔚蓝海岸》摹品。她网购之前问过我的意见，究竟买毕加索的还是马蒂斯的，最终选了后者。这幅小画多么独特啊。我看手机，果然，早在十五分钟前，也就是我对石冲躬身说对不起的时候，她发来的：画我留下啦，放你办公室吧。我直奔何总办公室。短短十几分钟他已不见踪影，总裁办无人知道他去哪了。我打他电话，连打两次没接，第三次终于接通，说他正在去机场的路上。我问他是否处理了米苏？他说没有啊，咱俩不是说好的？少顷，他一声长叹，说他知道怎么回事了——总裁办提交了处理意见，那时候我和他还未就最终处理办法达成一致，一定是丁总按照此前的方案驱逐了米苏。嗨，这事闹的，一步之差。他说，老杜你别急，我这就给她打电话。我回到办公室，半小时后还是没人给我打一个电话。何总没来电话，丁总也没来找我，米苏更没电话打进来，连个微信也没有。我把马蒂斯的仿品立在桌上，靠墙，绿粉相间的简单色块令人惊心动魄———扇被推开的窗户仍无法窥见外面辽阔壮美的风景，似乎只是一堆缠绕的线条和杂物。我这时候才明白过来，马蒂斯看似画的外面，实则画的是一扇向内打开的窗户，并非通过窗口打量世界，而是恰恰相反，由窗口审视屋内。我们弄错了搞反了。窗外哪有什么蔚蓝的大海？我给米苏打了电话，她没接。不知道她是否在她小屋里收拾东西。我给她发了微信，告诉她，知不知道马蒂斯画的是室内的风景？她没回我。又过了半小时，我再打何总电话，关机了。我想象他已经飞入蓝天，向着广州进发。我找了三次丁总，她不在办公室。小张一再表示，他们也只是奉命行事，只是传达了上峰指令。我不再多说什么。

米苏终于回电了，她说她去了一趟医院，手机落家里了。

医院？

见面说吧。

他们让你收东西走人？

是啊，结束实习。她清了清嗓子。听得出来，她还不太擅长遮遮掩掩。何况，她有什么不便直说呢？他们着急让我走，说这件事影响太恶劣了，早走，就是支持杜总的工作，保住杜总的位子。我当然没什么好说的，一个实习生嘛。

靠。

让她难受的是，我想象得出来，她收拾桌子带走每一样小东西的时候那帮小子的眼神：王雷、小褚、周沫，一个个幸灾乐祸恨不能掐死她的极致的快乐又拼命隐藏这种快乐。好在，石冲早就离开了，出事之后再未返回办公室。无论如何，她一定备受煎熬。短短二十分钟长如一个世纪。我能理解并且感同身受。我忽然发现是我连累了她。我早该意识到会连累她。可我没当回事。我的自私和任何男人的自私如出一辙，并不考虑后果。也许我内心的想法与何总没有差别——米苏只是个孩子，一个无足轻重的实习的孩子。我完全忽略了办公室政治可能带给她的致命压力。

你在哪儿？她的声音轻飘飘的。

办公室。

还在办公室?

我让她等我，在家待着，哪也别去，等我。

7

第三次去她蜗居是故意的，我请她吃饭，刚开始她想拒绝，说怎么能麻烦领导呢?怎么好意思让你请呢?我说，就你住处不远那家过桥米线，好吗?她没再反对。几分钟后，又发微信问我，干吗请她吃饭?我说米线不算吃饭。她不再问了。我们约在新香园过桥米线店见面，6点整，她已经到了，挑了角落里的桌子坐着，冲我拘谨地挥手。我要了两套18元的，我知道要太贵的明显不像话，太便宜的更不像话。此处可见窗外北京路上无数乱糟糟的行人，前后晃动的皮鞋、运动鞋、休闲鞋，朝同一或相悖方向疾行，你几乎看不清他们的步伐，也无法猜测他们走了多远，去往哪里。一个挑担子的农民守在街口，他是唯一没有走动的家伙，安安静静守着两只簸箕，一只簸箕内盛满花生瓜子，另一只簸箕里是罕见的丁丁糖（昆明特产的麦芽糖），白得像雪，像一窝奇异脆弱的小东西扎堆取暖，等待人们将其带走，吃掉。如果被吃掉是宿命，它们正在期待宿命的到来。我们相对而坐，和上次很像，刚开始的时候没什么可说的，也不太计较对方说还是不说，好像我们之间有一种安安静静的忍耐和默契。光线洒下来，是从火车站附近的酒店大厦高处扎下来的强烈柔软的金色幻光。名副其实的金色，也许只有昆明才能见识的金色，宣告着黄昏何其壮美，也将店里少量的客人渲染得颇不真实，像待在梵高那些著名的阿尔勒的金色麦浪里。服务员端来巨大的似乎能塞下十公斤食物的滚烫汤碗，接着是七八种急于下锅的肉片蔬菜，最后是爽滑的米线。我们把生肉生菜下到碗里，再把米线倒入。沉默片刻，我问她还需要什么，她说不需要了，足够了。米线味道鲜美，三口下肚就热出一头大汗。

她说她来昆明头一年差不多每天吃米线，半年后才发现还有别的大量的美味可吃，不过，她爱昆明的理由也许正是米线。我说你每天自己做饭太麻烦，可天天吃米线也顶不住啊。她说她自己炮制的小锅米线味道极佳，一周吃一两次足够了。不多不少。我向她请教秘诀，她说关键是肉酱，最新鲜的肉末和豆瓣一起炒，再浇入香油、花椒和糖。糖？我有些惊讶。她说她是以江浙口味做的，少许红糖恰到好处，提鲜。我笑了，说你这是宁波小锅米线，昆明人会怒的。她说，改天一定请我尝尝，再怒不迟。她吃得很慢，小心而认真，像一只兔子，不让一滴汤汁洒出来，也不发出一丁点声音。这让我稀里哗啦的吃相显得颇为粗鲁无礼。但据我所知，昆明人吃米线不可能不发出动静，甚至，要大动静才表示吃得好，吃得香。我们聊到工作，她认为新媒体部的人都挺好的，石冲很能干，周沫有才华，王雷踏实，叶子、小刘、文岚、嫒嫒都很好，从他们身上学到很多东西。比如，她说，石冲对城市旅游经济衰退的研究报告让她受益匪浅，这是课本里学不到的好东西呀；再比如小褚对西南联大时期的文化贡献也写得很到位；文岚很棒，毕竟是跟我那么多年的老人了。她好奇地问我当年在文旅集团怎么回事，我们遭遇了什么。我说，没什么。她说杜总你不信任我？我笑笑，说你还理解不了这些事情。她说，你不说我怎么理解呢？杜总小看我？

那好，我说得极其简单：由我负责的一本旅游杂志版面被此前的负责人贱卖，他们暗中受贿，自然对杂志死活不管不顾，我上任后招兵买马，将那人的权力收回，把贱卖的版面也收回，组织了招投标大会，那位负责人此前勾结的企业竞标失败，后果可想而知：我断人财路，必然招来疯狂的报复。于是文旅集团接连收到各种名目的举报信，针对我杜上的林林总总的罪证连我自己都吓住了。所有举报材料都指向财务问题和男女问题。哈哈，真有意思，我说，居然有男女问题。米苏瞪着眼睛看我，瞳仁很大，琥珀色，一丝丝蓝光向外散射。有吗？你有男女问题？当然没有。我笑了，他们举报我和我的女下属有一腿。我怎么可能跟我的下属有一腿？再说，我那时候还没离婚。

你离婚了？

离了。

有孩子？

算是吧。

算是？

我没吭声。我不想把什么都告诉她。她还是个孩子。

她聪明地转移话题，说哪哪都有坏人呐，对吧？

对，有人的地方，就有江湖。

现在呢？

现在，挺好的，团队信任我，我也信任他们。尤其文岚、王雷和叶子。我一手带过来的部下。

是啊，他们非常好，对我非常照顾。他们对实习生历来如此？

历来如此。

那我真够幸运的。上大学头一个实习单位就遇上你们，遇上那么棒的团队。

你也很不错。不，是非常不错。

我这么说的时候偷偷打量她。现在我没把她当孩子看。身材很好，长发扎起来。似乎染过，姜黄色。我不太确定。指甲绛红色，很酷。略显消瘦的脸带有梦幻感，但并不拒人千里。介于成熟和天真之间的某种状态。落落大方，又掺杂活泼俏皮。我的意思是她似乎让你觉得虚幻又轻飘飘的，像落日即将消失之前，像这个城市忽然从黑夜苏醒之前。

我们在门前分手。我一路走到地铁站，她从相反方向回她那个安静老迈的小区。还未进站就接到她的电话，说我东西忘了。什么？围巾，你的围巾。你忘了，我也忘了，是服务员追出来交给我的，哈哈，那位大姐以为这条紫色围巾一定是我的。我小跑着返回，找到茶叶公司宿舍大院，上楼，敲门。她开门，紫罗兰色的也许本该属于女性的围巾在她裸露的手臂映衬下颜色发暗，接近灰色，她的脸却异常轻盈，像被其自身的雪白反光罩住。我奇怪这么冷的天她竟然穿短袖T恤。她将围巾递给我。

我走进屋内。我跨过了门内门外的交界线。我拽过她的手臂，她轻得似乎毫无重量。我亲她的脸颊，之后吻她的嘴唇。她略显笨拙地伸出舌尖时我的心脏仿佛停止了跳动。她的香味我很难讲清楚，一种甜滋滋的爆米花气息，一种碾碎之后飞扬向上的花粉香气。我抱起她，凑近沙发。她闭上眼睛，任由我脱下短袖T恤。整个过程比我想象的快得多。结束之后我们有些狼狈地拥抱着，躺在狭小的单人沙发上，我傻笑起来。她也傻笑。我们达成了默契。灯光倾泻而下。我抬头可见她平坦光滑的小腹，白得像一小段抽芽的嫩枝。外面的霓虹还没亮起来，各种声音还未降临。她先开口说，黑咖，还是茶？我要了黑咖。她笑着起身，飞快套上T恤，没穿裤子。她就这么裸露着光滑匀洁的两腿在屋里走动，像轻捷的麋鹿。一阵窸窸窣窣的响声之后，她回来，手里端着一杯黑咖。热气浮动。我伸手抚摸她修长的直苗苗的腿。她忽然脸红了，将我的手拿开，套上一条彪马运动裤，很宽，也很长，把她两只雪白的玩具般的脚也吞噬了。

你犯规了。她说。

我笑而不答。

你和你当年的下属，真没什么？

没有。

我穿好衣服，拉上拉链，把茶几上的苹果塞嘴里。

你还回家吗？

你说呢？

我的床太小啦。

必须回去。必须。

她问我听点什么。我说，上次那首熊天平吧。

她取出音响，很快找到《一个人去流浪》，铿锵的鼓点狠狠撞击我的身体。我被抛起来，像一枚硬币。你并不清楚哪一面落下。我实在搞不懂为什么如此清浅的一首老歌，如此故作伤感的造作的歌还能带给我这么大冲击。她坐我身边，索性钻到我胸前，我们安静地听完，之后，在重听一遍的间歇，安安静静地、从容不迫地接吻。她年轻的气息令我迷醉。熊天平的嗓音又响起来。我们又认真听完一遍。她给我的杯子续了热水。我问她有男朋友吗？她说这个问题你问过了。我说，没人追你？她答，当然有啊，学校里追她的男生不少。为什么？我说你不算漂亮呐。她脸红了，把这话当了真。我赶紧找补说，你不漂亮，但你很美。她问这话怎么理解。我说，很多女孩漂亮但算不上美，你恰恰是不算漂亮但非常耐看的典型，古语曰，美者，美也。她说我瞎说，哪有不漂亮的女孩称之为美的？我让她照照镜子——她干脆拖着我去了卧室，靠墙有一面硕大的镜子，我让她审视自己的轮廓，脸，鼻子，下巴。她瘦瘦的，但鹅蛋形下巴将上半部分的刚硬抹掉了，女人味十足。我将她长发轻轻撩起来，说，剪短了会更棒的。

是吗？

是。

我能相信你吗？

为什么不相信我？

你太老了，大叔，我怀疑你们那代人的审美。

我审美很差吗？这么说，你不算漂亮，更算不上美？

她大笑，说我这种年纪的男人哪有戴紫色围巾的。

我也笑了，称我的围巾多另类啊，不算审美低下。之后，她找来剪刀让我帮她剪短。现在，立刻，马上。我只好照办。我搬来椅子，让她坐在镜子前面，又找来一块包装用的塑料布，下面垫上毛巾，操起剪刀比划着。想好了？

嗨，不就剪个头发嘛，快！她急不可待。

披肩长发最终变成利落的也不太专业的齐耳短发，她像变了一个人。一个伶俐又性感的孩子。一个笑起来更加迷人的似乎已经拥有无数阅历的成熟女子。我问她满意吗？她对着镜子咯咯笑了半天。

8

事情明摆着，也许是圈套，也许不是。何总也就比我年长七岁，但我忽然发现其情商智商把我甩下七十条街。我晚上九点多才联系上他，他那头一片忙乱，似乎无数人在面前晃动、尖叫，没说两句就挂了。我能体会一个中年企业家为对抗经济颓势所付出的艰辛努力，而我们这些手下，什么忙也帮不上，无时无刻不产生自己毫无建树也毫无意义的感叹。不过是活着，不过为稻粱谋。到我这把年纪，已无法想象一旦离开何总的商业帝国还能去往哪里，还有何处可以栖身。天下之大，所谓立锥之地早就被渐渐衰朽的皮囊一寸一寸抛弃了，蚕食了。他说这件事情已经处理完毕，我有任何疑问可以找丁总。我待了片刻，然后换衣服下楼夜跑。深夜十二点给米苏发了微信，告诉她，明天中午一起吃饭，切切。别着急退掉房子，别着急搬回学校。别着急。夜里我睡不踏实，反反复复惊醒。在一个噩梦中变成一个光屁股的孩子，在旷野里飞奔，身后似有模糊巨大的怪兽狂追不止；在另一个梦中，我和米苏变成中学同学，一起上下课，一起做课间操。之后她不见了。我找遍校园也找不到她。她似乎掉进了浩瀚的所有人穿着一模一样的白色校服的海洋，我再也分不清谁是谁了，再也不清楚谁是米苏，到底有没有一个女孩名叫米苏。

我起个大早直奔公司。那四个家伙已经走了，但东西还没收拾干净。我感到某种畅快之余的失落。丁总在办公室里沏茶，问我这两天过得如何，我说，托福，还行。她说任何事情，尤其涉及人事变动，不经何总点头是不行的，也是不可想象的。我喝了一杯生茶，说，即便对实习生也这样？她推了推眼镜，说，等他从广州回来，行吗？我盯住她墙上那幅糟糕的书法，宁静致远，说，没有余地？她笑了，说你和她暂且分开不是更有利于保护她也保护你吗？除非你不想保护她，除非你并没有设身处地为她着想。不，我说，她应该光明正大地回来，光明正大地完成实习。公司员工手册我研究过了，研究得非常仔细，没有任何一条不允许员工谈恋爱，更没有哪一条规定上司不能和实习生谈恋爱。她无奈地笑着，像是谴责，你是认真的？你说呢？我反问。她叹口气，她才十九，才十九啊。这两天我一直在为你们善后，对你的最终处理还没下来，是的报到何总手上了他还没批下来，你们俩的事情已经传遍整个集团了，上上下下无人不知无人不晓。你确定米苏回来他们还会像欢迎之前的实习生一样欢迎她？你确定，这件事情不会给你们带来任何压力只要她回到你身边继续工作？而你，百分之百确定非要她待在你身边不可？你知道大家怎么议论你们的？你已经变成了笑话。一个色令智昏的笑话，假设，你贪污公款被带走被开除，也好过你现在的处境。我说真的杜总。我眯眼看着她，觉得此人距我极其遥远，像待在某个光秃秃的寸草不生的星球上，四周一片荒凉。所以，何总是清醒的，也是理智的。我同样清醒和理智。我们认为只有及时下发对你的处罚决定，才可能灭掉所有无聊的讨论和谣言。灭掉？我说。是的，灭掉，或终止，只有你接受处罚，而且公司也做出了处罚，才能让你的行为被迅速遗忘，也不再那么令人厌恶。是吗？你说的是真心话？你也这么想的，也是这么看我的？我令人厌恶？她笑了，无奈中掺杂怜悯。她笑起来比严肃刻板的时候好看得多，也生动得多。我怎么看这件事情无所谓，真的，任何人的看法都影响不了你们，对吧？我点头。那就对了，所以我们的选择我们的决定我们的处罚也丝毫伤害不了你们，对吧？我没吭声。实际上，集团所做的决定正是为了保护你们。众口铄金积毁销骨啊，我们让一件原本不会伤害你们的事件的危害性——特指对公司对集团的危害——降到最低，那么，既保护了你们也保护了集团，对吧？所以我怎么看的，何总怎么看的，一点儿不重要。我们虽然活在别人的眼光里也绝对不能只活在别人的眼光里，我相信你们是有数的。所以——我打断她，问她到底怎么看我们的，她说，这个话题上一个回合就说过了。你要听真话？我点头。她看了看我。你是越界者，你没管好你自己，你让它犯错了，你引发了严重的后果，你让集团和何总蒙羞了。而这件事情原本是可以杜绝的。即便你没管好你自己，即便你真的跟实习生谈恋爱了——是的你的确没有违反任何规定任何法律，可你打人了，杜总，你身为一个部门老总居然打了年轻的90后下属。你暴露了你狂热的恋情，你没有保护好你本该小心保护的东西，没有呵护好你本该小心呵护的爱人，如果你真的在乎她，你又怎么能不计后果呢？我上次已经说过了，我们这把年纪应该更理智也更从容，可你不是，你任由糟糕的情绪把你带入危险的境地，让你身边每一个人都可能受伤的绝境。难道，你辞退的几个孩子，不是一直好好跟着你埋头苦干而且干得不错吗？你能否认吗？就算他们做错了走偏了，你就没有一点责任？你和你的米苏，就没有任何不妥？你能说服我吗？能说服得了你自己吗？

我无话可说。只能看着她。我越来越胆怯。非常意外却真实的胆怯。

好吧，怎么处理我？

初步意见是，扣罚全年奖金，再扣罚三个月绩效。也就是说，这三个月只有基本工资。不过，我跟何总商量了，力争把三个月缩短至一到两个月。当然，还将通报批评，下文各公司、各部门。

通报？

免不了的。

所有部门？

是的。

没别的了？

是。

我思考了五分钟或十分钟，喝了四杯茶。茶杯很小，感觉上几乎没喝。我渴得厉害。

我辞职。请转告何总。下午我就递交辞职报告。

她张了张嘴。实际上并不惊讶。

9

和米苏确定关系后的三个月间，我们想尽办法避开同事，无论老的少的，集团的公司的，营销的后勤的，能躲则躲。上班还好，各忙各的很少碰面，她的工位在办公室角落里，我踮着脚尖才能从我的玻璃门后窥见她单薄的背影。我会耐心等待下班。中午她先下楼，前往三百米外一条蓝花楹林荫小道，在路边公用健身器械旁等我。我落在最后，磨磨蹭蹭乘电梯下楼，选择和绝大多数人相反的方向靠近米苏——通常，我们这栋大楼的白领们总喜欢去附近一条小吃街解决中饭，我和米苏必须反其道行之，我们在蓝花楹下面重逢的时刻就像是第一次见面，她远远站着，两手揣在兜里。冬天昆明的蓬松羽绒服让她棉胖可爱，远远看去像一只刚刚醒来的兔子，冲我微笑。笑容沉静甜美。我快步走向她，一面打量四周是否有熟悉的面孔出现。没有。一个也没有。我们低调又隐秘，而且我深信这种低调隐秘还将延续下去。之后我们互相靠近，依偎着大步向前。方圆一公里内还有很多小吃店，重庆小吃啦，羊肉米线啦，麦当劳啦，不必担心。我们最初选中的地方是一大片老住宅楼背面的小巷，两个年轻女人将一间破落的麻将室改装成了快餐小店，十五六块就能吃得很不错，菜品丰富，饭也管够。我们坐在门前小桌边上，中午的太阳将后背烤得暖烘烘的。桌子是榆木的，很旧了，塑料椅子倒是簇新的，两个年轻的老板娘待人很好，热情周到；年纪稍大的女人最多三十出头吧，一个四五岁的儿子每天待在外面桌子旁折纸飞机，写写画画，但你看不明白他画了什么写了什么，一旦折出一架飞机就高高兴兴叫嚷着站在门前空地上扔出去；大多数时候，他亲手折叠的飞机飞得又高又远，让人不禁咋舌。这种时候我会放下碗筷出去和他玩一会儿，陪着他把飞机扔出去又捡回来。之后我们彼此相对站立，间隔十米左右，互相扔过去扔过来。孩子开心得哈哈大笑，每次冲锋陷阵把飞机抢在手里。米苏笑着打量我们，一面慢腾腾吃饭。我玩一阵又走回来和她大口大口吃着。我们胃口极好，男孩母亲也随便我们添菜。为防止发胖，吃完后绕公司大楼疾行两三公里，最后又在蓝花楹林荫小道上分开。我让她先走，她不时回头看我，就好像我下午将要离开她，再也无法见面了。快走到大楼前她再次回头看我，冲我眨眨眼，抿嘴浅笑。有时候胆大包天地冲我挥挥手。我只能藏在蓝花楹的树影里，暂时地深深地藏起来。落英纷披，树荫洒在脸上，清清凉凉的，像洒下雨水。仰头可见枝叶间细碎的光线回闪摇曳，你一时难以分清是梦境还是现实，又或者，是男孩的纸飞机将我带入了童话世界还是我们原本就是男孩想象的人物。下午我们激情澎湃地工作，写稿子、看稿子或修改文章都效率极高。下了班，她出发后十分钟抵达永安路内侧小巷，就在巷口小卖部门前等我。我不紧不慢地去往那里，周围几乎没人，安静得像特意留给我们的一座柏油铺地的空阔的公园。她迎着我走来，有时候小跑，双手紧紧抱住我，勒得我脖颈发麻，非常用力地吻我。我拥住她一路小跑，冲进静谧幽暗的大院，走进黑乎乎的弥漫着数十年灰尘和霉味的楼道。

三个月来，差不多三个月以来我们的活动路线几无变化，就连中午吃饭、下午下班的时间和路径也保持了固定节奏，很少出错。有限的变化是那家小吃店偶尔打烊，让我们措手不及。门上有纸条，上面写着，家中急事，今天暂停营业。我们猜测到底什么原因让她们忽然关门了，米苏的想法天马行空：年长的女人陪年轻的女人相亲去了，哈哈，她也许是后者的姐姐，实在容忍不了她的单身，不得不安排约见朋友的弟弟啦学长啦之类，尽快解决妹妹的终身大事；又或者，生病了？姐姐身体很差，要做肾透析，所以每周总有那么一天必须跑一趟医院。妹妹只得陪伴左右。我想了想，问她，那个孩子呢？孩子怎么解释？五岁了吧，为什么不上学？我们继续脑洞大开，设想各种各样的姐妹生活，其中自然包括了因家境原因不得不辍学的孩子，他不是不想上幼儿园，是没办法上幼儿园，否则姐姐怎么照顾妹妹？不对啊，明显不对，如果扔给幼儿园姐姐岂不更有时间和余力？这个关键问题我们始终想不明白。那就不想了。小店打烊的时候我们就跑到几百米外的羊肉米线店来一碗又麻又辣的六盘水羊肉米线，只不过这地方人声嘈杂环境糟糕，只能吃完就走。偶尔去一趟麦当劳。我们实在不喜欢洋快餐千篇一律的油腻腻的味道。吃完饭的绕圈散步也并非百分之百安全，有时还是会撞见公司里某部门某个熟人，好在，对方也不太确定我们的身份，我们及时避让，不给对方留下想象空间。还好，至少，在那三个月里，我们是安全的，没碰上真正的威胁。我由此认为我们的办公室恋情没有败露。我还是下属眼中那个一切正常的拥有绝对权威的领导，他们还是那批埋头苦干不计较得失更不工于心计的孩子。

那天，男孩的飞机飞得极好，这架用雪白A4纸折叠的飞机工整漂亮，我问他谁教他的，孩子叽叽咕咕说不清楚，好像稍有点大舌头，或是表达性障碍吧。我们飞行地点从门前一直挪到更远的巷子尽头，那里，有一小片空地，颇像丽江古城的四方街广场，只不过面积小得多；一伙老人坐在花坛边上发呆，晒太阳，脸上没有表情，像一群衰老的野猫随便对付最后的再也没有波澜的时光。我和孩子连番扔纸飞机的喊声笑声吸引了他们，一堆老头兴致勃勃地看着，不时发出嗷呜嗷呜的叫声和赞叹声。很快玩累了，我带孩子返回。我奇怪小吃店姐妹从不担心我带孩子跑出几十米远跑到她们视线之外会不会遭遇不测。我牵着孩子的小手。我记不太清第几次牵他的手了。所有孩子的小手都那么完美，软软的，嫩嫩的，热热的，沾满汗水。我听见两个老头冲我们叫了几声，有人喊，不飞啦？我说，不飞啦，回家吃饭。嚯嚯嚯，老头像高声大笑，又像痛苦的哀鸣。孩子昂首挺胸，脑袋上额头上脖颈上全是汗水。我伸手帮他擦掉，问他，你怎么不上学？他说，不上学，不上学。这回我听明白了。出了巷子，米苏坐在门前阴影中冲我微笑，说饭菜都凉啦。我笑着说凉着吃才好。年长的女老板直起腰打量孩子，冲他吆喝一声。孩子忽然抬头看我，张嘴说，爸爸。

我吓一跳。

孩子挣脱我的手，朝妈妈飞奔。

我来到米苏身边，她把筷子递给我。

10

我想找出我和男孩之间的神奇联系。事实上当然没什么联系。唯一的联系是，也许，正是我和孩子的玩闹让人发现了，彻底暴露了我和米苏。也许吧。事情起因变得极其暧昧。也许是我的行径早已被人掌握，引起他们集体性嫉妒准备将我除之而后快？还是，我让石冲把手头工作分出一半交给米苏明显伤害了他脆弱的自尊？我猜是后者。他警觉起来，之后跟踪了我们。或者，他从扔飞机的游戏现场轻而易举地发现了我和米苏。不过，我的猜测被印证是总裁办小张告诉我的，他说他在我们办公室窗外发现了望远镜支架，他试了一把，通过镜头可见数百米外某巷内空地上的一堆老人。自然，我相信他们发现了纸飞机，也发现了扔飞机的孩子和我。而我让石冲交出工作的确刺激了他，成为整个事件的导火索。他天真地认为他负责的一切都是他辛辛苦苦拼出来的，岂能由他人染指？我找他谈过，他当时脸色很难看，牙关紧咬，听我说完，勉强挤出一丝微笑，说，好，试试看吧。我说不是试试看，你就交给她，让她多锻炼锻炼。年轻人嘛，锻炼很重要。他低下头，又说一遍，好。

另一种猜测是，米苏早就是几个90后觊觎的目标，他们（尤其石冲）想早早把一个不错的实习生泡到手，不料半路杀出个程咬金，此人不是别人，竟然是他们快五十的顶头老大，自然恼羞成怒。我想象他们的猜测终于被望远镜发现的事实证实了，几个小伙伴立即商量对策。难过、伤心、绝望是肯定的，甚至有辞职不干的想法，可不甘心呐，尤其周沫，这个来自某地州的小子向来清高，做人做事自带先天的狠劲儿，以为人人都该让着他，怕他，全世界都亏欠他惊人的非凡的大多来自抄袭的才华。他向石冲献计道：不可退。必须干到底。干脆一不做，二不休——什么？杀了老杜？石冲惊出一身冷汗。周沫冷笑道：杀人越货的勾当非我辈所为。写信，上报，方能显示我等铮铮傲骨……是的，就这么简单。90后的字典就这么简单。让我惊异的是他们竟然没费周折就干成了，不假思索就达成了一致，就连我从文旅集团带来的心腹之一王雷也加入了。我不知道他这么干的时候，是否找到了当年连续写举报信向上参我的负责人的恶毒快感。我猜他有，一定有。他总得经历些什么才可能体会他人的处境，甚至，点子就是他贡献的——这么猜测合乎逻辑，更能显示他身为“老人”的过人之处。由他献计，再由周沫跟进，撰写文案，小褚附和，而石冲策划了整个进攻步骤，包括举报信该发往哪个邮箱已经研究得一清二楚。

在实施阶段，他们怀着雄赳赳气昂昂的不可抑制的豪情，酷似一百年前投身革命追求人类伟大解放事业的仁人志士。这也加深了他们的友谊，让四人关系牢不可破。他们庆幸我始终没有发现，一丁点也没有发现。我和米苏沉溺于爱情的甜蜜和刺激之中，对周围的变故、可能的陷阱、即将到来的风暴浑然不觉。我们在明，他们在暗，他们渐渐掌握了我们中午的活动路线，至于茶叶公司宿舍他们是否知道，我不得而知，也不敢想象。事实上我多多少少感受到了他们身上的变化：忽然集体性地消极，集体性地沉默，撰写文章的速度明显慢了，质量也严重下滑；周沫开始抄袭，我口头警告了他，没有深究。王雷经常性迟到早退，我也只是把他叫到办公室，呵斥一番了事。米苏以女性特有的直觉嗅出了危险的气息，她偷偷告诉我，最近办公室里的几个家伙不太对劲啊。我没当回事，自信地告诉她我分别谈过话了。她没多说。唯有石冲，反而只有石冲表现极其正常甚至比正常还正常——他听取了我的意见，把手头一半多的工作交给米苏，对我也毕恭毕敬，在厕所里碰见老远招呼我，杜总好，您亲自来了。我后来才恍然醒悟他是在麻痹我的注意力，让我全然放松，毫无戒备，进而纵容我们在甜蜜的爱情里陷得更深些离末日也更近些。我承认我严重低估了这小子，低估了这个年轻的我一手栽培的对手。是的我也严重低估了90后们，以为他们毛还没长齐呢遇事要么唯唯诺诺要么荒腔走板，哪来的胆子敢于和顶头上司兼衣食父母对着干？我承认，我把他的领地割让给米苏实在愚蠢，我一方面极力隐藏我们的关系，另一方面却傻乎乎地暴露了我们的关系。直到第四封举报信出现，集团才把我找去谈话。无果。我们都没太当回事。我太轻看他们了。

从我18层窗口望下去，用一只高倍望远镜望下去，你能清楚看见扔飞机的孩子脸上的笑容近乎痴迷。自然，那个陪他扔飞机的中年男人的脸上也必然洒满了迷醉的光亮。

11

他叫你什么？爸爸？

是啊，爸爸。

天呐，居然叫你爸爸？证明他没有爸爸？

也许吧。

你没问问他妈妈？

没问。

没问问他？

他说不清楚。他只是个四五岁的孩子。

那些老头也不知道？

没有一个人知道。

问他妈妈吧。

我觉得，我问她一定不太礼貌。

也是。

再说，很多事情，很多秘密，我们未必非弄个一清二楚。你说，这世界上有多少秘密啊。每个人都有不可言说的秘密。

是啊，是啊。

最亲近的人也有不可说的秘密。

老杜也有秘密？

当然。

她笑了。他们的秘密还包括，小吃店为什么每周总要关张一两次。

是啊。

让我们尊重一切一切的秘密吧。

老杜你到底有什么秘密嘛，胆敢不告诉我？

刚说了让我们尊重秘密。

好吧，老杜。好吧。

黄昏时分，我们在茶叶公司老宿舍楼下散步，不再担心碰上熟人，这一带没有公司的人，他们不会选择租住这么破旧沉寂的小区。于是他们也都不清楚更没有领略过太阳落山之前的金色之美，一种没落衰敝被夕阳反复涂抹、像波洛克的滴洒而不是梵高的麦田那样的惊心动魄，无论老墙体还是柏油街道或老朽的阳台都毛茸茸的，残破之处泄露的渣子和砖块就像一件不失风度的大衣，虽然旧了，但仍显示了惊人的贵族气派。我承认，也许正是这一带衰败的落日熔金才让我如此迷恋米苏的，迷恋于我们忽然想起的某些朋友和家人。想起我的少年时代，甚至，和刘盐当年的恋爱时光。现在你很难分辨过去究竟意味着甜蜜还是苦涩。但我不会听任这种情绪弥漫，也无必要刻意怀念它。我所经历的毕竟和19岁的米苏有相当大的差别。这是整整三代人之间的差别啊。我们在小吃摊上买烤饵块、烤红薯当晚餐，去农民推来的水果车上挑选新鲜的樱桃和苹果。冬天的昭通苹果一车一车运进昆明，价钱便宜得让你抓狂，不赶紧囤积你就吃不到那么好的糖心苹果了，一旦一车一车沤烂你也就再也吃不到那么便宜的上乘的本地苹果了。那天傍晚，她让我尝了她亲手烹煮的小锅米线——她做的肉酱用小碗封藏在冰箱里，我们在菜市场买了一公斤米线，又买了大葱、韭菜和豆尖。她手脚麻利，一看就是熟手，而且对手艺信心十足，根本不担心我给她打低分。米线热腾腾端到茶几上。我们坐在地毯上吃它，后来干脆跪着吃。她的手艺太棒了。关键是酱料香味撩人，再就是烹煮时间和火候拿捏得恰到好处，我像在饕餮某个昆明老字号的绝活，那些需要排几十米长队才有口福的最好的小锅米线。吃完后，我说你这里需要一张桌子，一张小小的饭桌。她劝我说，千万别买，房租只交到年底，带不走浪费了。明年续不续租还不一定呢。

她一语成谶。后来我们的恋情引发轩然大波，距离我们这次谈话也才过去一个多月。

可我还是买了。总想为她做点什么。我在网上选好一张小巧漂亮的实木圆桌，次日就运过来，工人们熟练地安装好它，就搁在厨房门口，占用了部分过道，但过道通向小阳台的宽度足够两人并行。屋里忽然多了一张还散发着新鲜花梨木清香的黑圆桌，立刻让房间生机勃发。我很高兴我的决定，米苏也激动地发现，原来条件有限的小地方也能植入我们自己的东西，就好像我们占据了这里，永久性地烙上我们自己的疤。不过，我知道一旦搬离，我们将面对怎么处置它的难题。但暂时管不了那么多。桌上很快多了鲜花和收纳袋，七七八八的小零食和小物件。马上变得生动。当初我要是知道我们只能使用一小段时间，我不知道我是否还会买它。

我们散步的时候，米苏问我，新媒体部之前来过多少实习生？我答，三四个吧。女孩？对，都是女孩。没发生什么故事吧？当然没有，严格说来实习生是稀有物种，另一种层面上的工作者，几乎是隐形的，往往被忽略。我们走到一家小超市门前，灯光倾泻下来。为什么是我？她皱着鼻子问我。我没回答。她笑了笑，走到我前面。再往前就是夜市，很多宵夜摊已经摆放出来，一个小伙子蹲在地上用鼓风机为梨炭生火。她问我，如果某一天，老杜你消失了怎么办？我说，消失？我怎么可能消失？

会的，你会消失。就像扔纸飞机的男孩的爸爸。

你觉得他爸爸消失了？

对。消失了。

我不会消失。

你保证？

当然。

我发现恋爱中的男人女人大多会说着此类蠢话。愚不可及，又是必须的。

你什么时候离的婚？

一年前吧。

她让我聊聊我前妻。我说实在没什么好说，没必要说。她让我非说不可。她盯着我，目光像刀子一样。19岁，在任何一个国家任何一个时代，都是谈情说爱的最好的年纪啊。很多19岁的女人已经做了母亲，生下自己的男孩女孩。

我们是大学同学，后来，毕业五年后结婚。就这么简单。

说细节。

细节？哪来什么细节。

你说呀老杜，求你了。

我说我和刘盐早就不再联系，这是很多离婚夫妻的宿命。最初的甜蜜为将来的反目做了残忍的铺垫。也就是说，如果没有那些甜蜜反而好了，好多了，也许我们就能平淡地见见面聊聊天了。我告诉她，我和刘盐最初的爱情和所有的爱情没什么不同：舞会啦，自习室啦，通宵电影啦，性啦，诸如此类。毕业后有些折腾，她回长沙老家，在一所职高教英语，我进了昆明报社当记者。三年间我们分分合合，最终她来到昆明，在一所私立高中任教，然后结婚。就这么简单。又过了二十年，对，差不多二十年，也就是去年，我们离了。

这么说，她做了巨大牺牲？

可以这么说。当时要么我去长沙要么她来昆明。权衡利弊，她决定过来。

她了不起啊。

我没吭声。

为什么离？

我不确定到底说还是不说。可以不说。或者，三言两语说完。我奇怪为什么小姑娘们总是对老男人的过去感兴趣。过去已经过去了。回顾过去不仅会让伤疤重新撕裂，于当下也毫无必要，更没价值。

吵架，吵得很厉害。非常厉害。

为什么吵？

我没说话。米苏明显感觉到我的不快。她不再问了，在街角水果摊买了车厘子。我抢着付账。对面出现一个醉鬼，冲我们咧嘴大笑，呜哩哇啦胡言乱语，似乎洞穿了我的秘密。下一个街角，她忽然问我，你对我的过去不感兴趣？我摇摇头。她说你真是奇怪。我说你不说，我就不问。再说你一个小屁孩哪来什么过去。哈哈。她说有啊当然有啊。我说我真不太想知道。重要的是现在，米苏同学，重要的是现在，现在你和我在一起。我们在一起。

进屋后她打开音响，熊天平的《一个人流浪》让我百听不厌。米苏干脆从网上刻录了一张CD，全部十首歌都是《一个人流浪》，她笑称是一个人的CD。听完之后，我们坐在小圆桌前慢慢喝着黑咖，我说熊天平就是一个消失的歌手。你说不清楚什么时候，他消失了，彻底远离公众视野，远离曾经热爱他迷恋他的歌迷。很多时候我们不得不忍受所爱之人平白无故地消失。没有预警，没有预兆，无端端就这么消失了，像凭空变戏法一样。她冲我噘嘴，让我吻她，之后靠在我胸前，说我和你当中某一个，将来，也会消失？我不说话。她说，你和你前妻，刘盐，是这个名字吧，你们彼此消失了，是这意思吗？我承认，是。她摇头，干净利落的短发刺得我鼻孔发痒。她真香。一种始终不变的清爽香甜的气息。我一直没搞懂她到底用的哪一款香水。多残忍呐，她仰脸看我，眼角有一颗很小的痣，也许只有我能发现和凝视的很小的一粒黑痣。你们当年一定幸福得要命，可是，你看，再也不联络不问候不说话，成了永远的敌人，永远的陌路人。我还是无话可说。她起身洗了苹果，削好，一小块一小块剖开，盛在盘子里，扎上牙签，端到我面前。我承认，她转身忙活的时候我走神了。我的的确确想起了刘盐——在厨房忙活，削水果，端过来。女人做家务的身影总是百分之百神似，与年龄和身材都没关系。

我实在想不明白，老杜，你们好了那么多年，二三十年，说离就离？

是啊。

就这么简单？

也许吧。

没孩子？

我一声不吭。

米苏把苹果递给我。我拒绝了。没胃口，什么也吃不下去。

我是不是说错话了？

没有。你没说错什么。

你不高兴了，老杜。

我没不高兴。

她又给我沏一杯黑咖，把果盘端到我面前。

好啦老杜，我只是——

我没事，米苏同学。

你怎么看夫妻关系？

就是一种，一种契约关系，很多很小的事件都足以毁掉这份契约。

你会想她？

不想。

我才不信。

我沉默。

你说你想她我不会生气的，我还没有资格生气。你们都二三十年啦。

好吧，有时候，会想一下。

你被什么事情困住了。

为什么？

你不知道？真不知道？一天晚上，不对，有两三个晚上，你哭醒了。你从睡梦里直接哭醒了。

是吗？

当然。你不记得？

我做梦了。极其可怕的梦。

对呀，你一定埋怨自己。

你的意思是，我做了什么坏事并且自责？

我猜是的。

也许吧。

你觉得是你的问题？

她看着我，像循循善诱的猎人。某种时刻的目光忽然令我又惊又怕。

是，应该是吧。

不要对自己太苛刻，老杜。一个快五十的老家伙，没什么事情值得你半夜哭醒的。

是吗？你这么想吗？

要放自己一马。别把自己难为死了。在上帝眼里我们都是有罪的，你的罪过就算不上什么罪过了，而是必然。每个人都可能犯错。上帝会原谅的。

你信上帝？

有时候信。哈哈。她笑了。

你的意思是，如果我错了，上帝不会责罚？

不会的。首先你不是基督徒。即便是，上帝也未必这么残忍。否则地球上绝大多数男人女人都会消失的，地球将减少一半以上的人类。

你这么看？

是的。你一定有你的小秘密。就比如纯粹的生理反应也没什么错。你爱的是刘盐嘛。她难道不明白？

我忽然有流泪的冲动。

不，米苏同学，我什么也没说。

好吧好吧，老杜。我不问了行吗？

好的，谢谢你。

我会原谅的。很多事情我都会原谅。

如果你爱他，怎么可能原谅呢？所谓眼里不掺沙子。

爱一个人就意味着，百分之百接受。

能吗？

百分百就是百分之百。

不不，我无法忍受我所爱的人——

爱是包容一切的。我们是人，对吧，老杜？

我摇摇头。

也没有残酷的因果。不会有。上帝的律法不是这样的，否则耶稣就不会降生和传道啦，就不会被钉死在十字架上。所以啊，老杜，凡事不可把自己推向绝境。

我沉默。

你确定她爱你?

应该吧。不能百分百确定。

宽宥是爱的终点，不是爱的反面。

我十分惊讶。我看着她，不知道是否是熊天平的歌带来了某种后果。她起身在狭小的屋里来回走动，脚上趿一双毛茸茸的小狗造型的白色绒布拖鞋，发出噗嗤噗嗤的响声。

不，事情没发生在你身上，你是个旁观者，是个孩子，是无关痛痒的局外人。

我说的是真理，至少是部分真理。你们这代人真是奇怪。太奇怪了。你们经常打着爱的旗号干出最残忍的事情。然后你们自我安慰说，世界还是那个世界，你们相信它如其所是，正是你们的爱让它如其所是，事实上，你们的世界早就崩塌了，消失了。对，不是人的消失，是旧世界的消失。

好吧。我不想再讨论下去。没这个必要。

晚上我们做爱。米苏让我充满激情。但几分钟后我产生了严重的恍惚，似乎轻飘的肉身和灵魂正在印证她所说的一切：旧世界正在消失。我也将随之消失。我想起刘盐。我想念她的身体。熟悉的身体。我还想起她最后看了看我，以一种胜利者的邪恶姿态告诉我她想清楚了。她知道她很大一部分已经死去。放弃幻想吧。我们再也不能拥有一个生命了。我待在黑暗中。如果有个合适的洞穴我会缩在里面，再不出来。我败了。我已经被什么东西也许是她最后一次施舍般的不完整的性打翻在地，忍受她的唾弃和厉骂。从前的经历只是吹拂洞穴四壁的寒风，让我整晚坐着，赤身裸体，散碎又疼痛，再也不能无视丑陋和失败……那天夜里米苏告诉我，她曾怀孕，小男朋友吓跑了，消失了，难题扔给她和她的父母，比我还保守还传统的父母。他们骂她，她偷偷跑去杭州准备手术，爸妈一路追到杭州，爸爸打了她。后来她考上大学，真好，她实在忍受不了巴掌大的宁波了，她欢天喜地来昆明报到，每月最多给爸妈打一两次电话。爸爸定期给她转钱。妈妈的癌症非常突然，走得也很突然，她感到羞愧，最终感到解脱，似乎卸下了责任，谁也不欠谁了。爸爸希望她好好的，刚开始她会感动，后来渐渐变成流于程式的陈词滥调。

你恨他们？

谈不上。我理解他们。

也70后吧？

我妈，跟你同龄。

那走得实在太早了。非常遗憾。

这就是她的命。

我沉默。

有时候我想不明白，为什么创造你生命的两个人非要按照他们对世界的肤浅理解教育你，命令你，让你成为他们想象的样子，难道，你不属于你自己？

父母嘛，除了生，还得育。

是啊，养育，不是非得按照他们的套路成为另一个他们呐。我想做我自己。

你已经非常成功地做了你自己。你爸要是知道你和你领导谈恋爱，会扒你的皮抽你的筋。

他已经知道了。

我靠。

我告诉他了。他说，任何发生在我身上的事情，都不意外。

然后呢？

他们失望透顶。我高考第一志愿是北大。可见，他们对我去北京上大学是充满希望的，哪知我才考了二本。只能发配到遥远的边疆，莫名其妙被你撞上。

我笑了。

我挺想见见他的。我说真话。

天呐，老杜，难道你想娶我？

我没吭声。

她定睛看着我，像在打量我瞳孔深处的另一个我。我在她胸口亲了亲，有丝丝汗味。

老杜啊，难道你不想娶我？

我仍没吭声。

说呀，说你想娶我。娶一个小娇妻是你十辈子修来的福分。

好吧，我想娶你。

哈哈，拉倒吧老杜。你嘴巴里塞满了谎言。

她俯身吻我。之后说起她的贞操是被一个坏人夺走的，不是小男朋友。她不知道自己什么地方吸引了那个坏人。她刚发育不久的胸并不大，身高也才164，长相中等偏上，更美更性感的女孩多的是，那个坏人干吗对她下手？就因为，她身上某种逆来顺受的气息鼓励了我们这些老男人？

他多大？

三十多吧。

混蛋。你该告他。你还小。

哪有勇气告他。我吓坏了。差不多一两个月没缓过来。我感到羞耻。我差不多死了，我好像再也没办法回到从前了，直到后来和那个小男朋友谈恋爱。他让我怀孕了，吓得屁滚尿流。可我一点也不恨他。当时要没他，我很难挺过去。

哦，米苏。

我想说的是，老杜，最初是疼，后来——唉，我爸也许是对的，我就不是一个好人。

别这么说。

这事多少影响了我对男人的看法，我不再觉得男人可怕、威严，暗地里他们都挺无耻，想上各种各样的女人。越多越好，对吧？

别这么说。

我和小男朋友在一起的时候无忧无虑。那时候那个坏人因为做了其他坏事被抓了。否则——

什么？

他肯定还会偷偷摸摸来找我，回想我被彻底改变的那天晚上，我才发现我多么恨他。他抽烟，满嘴的烟臭，衣服上头发上全是这股气味。

哦，米苏，小米苏。

可他真要再次和我发生关系，我会反抗吗？不，我不知道。也许不会。我知道很可能不会。

12

有时候我也回家，米苏对此从不表态。既不挽留，也不愿跟我走。我知道她也许忌惮我的地盘上还残留着刘盐的气息。一年多了，再多气息也该消散了。可我拿不准，宁愿不冒险。否则，该如何解释我在睡梦中哭醒呢？我梦见了什么？梦见我和刘盐失去的一切？梦见自己的深深地蜷伏体内的毒蛇般的愧疚？我说不上来。也许，愧疚正是米苏所说的羞愧吧，和她当年的感受如出一辙。我问她为什么不留我呢，要是留我，我会留下来。她说，我想留就会留下，何必让她说出来呢？我问她，如果我现在还没离婚，有家有老婆，你会不会——？会不会什么？她看着我，愚蠢。她说，你有时候啊，老杜，真是愚蠢。

独自回家让我舒坦，有时也颇不适应。毕竟是家，我自由自在，从卧室到书房随便找个地方，找本书或一部电影就能度过一个很不错的晚上。可当我习惯了米苏的蜗居，习惯了她散发的香甜气味，习惯了那张小圆桌上的鲜花水果，习惯了她打开CD像湍流般激荡的《一个人流浪》，我会对空荡荡的家茫然无措，渐渐反感一个人待着，不太习惯老迈的早在刘盐时代就使用的家具弥散出来的颓败和沉重。那个周末我返回家中时发现很久没打扫了，手指从茶几上拂下灰尘，不厚，却足够说明问题——我把我的家遗弃了。这不对。我一面检讨我未必要在米苏的蜗居里久住，一面感到自己还是应该把久违的单身生活安排妥当。我动手打扫房间，清理垃圾，擦了桌子，拖洗地板，直到十点多总算干完。家里重新焕发生机，重返遇见米苏之前的单纯状态，那种适量的孤独、干净和亲切。我打开CD，还是《二手玫瑰》或《魔岩三杰》。听了一阵就受不了，太吵，离熊天平纯净的忧伤太远了。我从书房柜子里找出几年前甚至更久远的碟包，仔细清理一遍，没找到熊天平，我记得当年一定买过那张CD，而且记得封面是他侧抱吉他的样子，像个十四五岁的少年坐在一片窄窄的阴影之中，另一侧有光，将他天真的书卷气勾勒出来。碟盒左上方有“上华”字样。他是齐秦的小兄弟，也隶属上华。当年上华推出了一大批优秀之作和杰出歌手。可惜今天的孩子们早就忘了。一茬一茬的歌手和老歌恰如一代又一代年轻人，来来往往川流不息，变和不变其实很难平衡。变和新总会占据上风。可我实在不明白他们宁可听一些网红口水烂歌也不愿重温老的经典好歌，以为随便什么综艺咖弄出来的就是经典。不，他们不明白，被时间淘洗检验的才称得上经典呐。可时间并未善待熊天平这样的歌手，我和米苏在她小屋里听他的时候，我深信我们一定是这颗星球上唯一的听这首老歌的男女。唯一的。时间终将让人错失珍贵的东西，却未必提醒新来者都是珍贵的。我翻找了很久，累出一身大汗。索性回到客厅，关了CD。捣腾半天的意外收获是发现一瓶不错的法国波尔多红酒，2015年产的。我找到起子打开，倒了半杯，酒香浓郁，又醒了片刻，大喝一口。真好。这酒真好，舒缓地在口腔内散开，熨帖地滑入身体。我站着不动，没有开灯，外面小区里灯火灿烂。之后我打了王重电话，问他是否来共享一杯好酒，他答应了，说半小时就到。

等王重的时候我已干了三杯。他来了不够喝就再找一瓶。家里一定还有存货。当年我就喜欢收集不错的红酒，喜欢邀约刘盐小酌。她没喝多久就厌倦了，受不了这种造作虚伪的小资产阶级生活，她认为我听唐朝听黑豹甚至听张学友刘德华都更适合老白干就花生米。红酒，说白了还是老外的东西，连就酒的小吃都不好找，何况，再好的红酒喝起来都有一股子不明不白的酸味，实在不敢恭维。争来争去，我偃旗息鼓的代价就是什么也不再听，不再喝，我们窝在沙发里看一部国产电视剧，像两个没心没肺的傻子。再之后，不出半年，她怀孕了。终于怀孕了。不久，当我们欢天喜地将老掉牙的CD换成一堆高山流水或理查德·克莱德曼准备让未出世的儿子感同身受，他，我的儿子，再也无声无息。那天王重陪了我们大半夜，还下厨做了两个小菜。刘盐早早回卧室躺下，微信我说让他走吧，这种时候为什么还要来一个外人呢！我回她说，重不是外人呐。你睡吧。我和王重下楼找地方接着喝。但是，什么酒吧也没找到，连个烧烤摊也没找到。或者我们根本不屑于停在某处喝酒。我们走啊走，沿二环路一直走，沿着黑夜和黑夜里的星群走啊走。事实上头顶也没什么星星，更没月亮。一个城市趣味的丧失通常以星月的丧失为代价，楼房越来越高，雾霾越来越厚，冰一样滑溜溜的街道已经杀死了我们少年时代的芜杂澎湃和脉脉温情。这是一个无趣的跟任何一个城市再无区别的地方，这是一个我早想摆脱却无法抽身的地方。王重说我们应该往前看，对，往前，还年轻，还有机会。不要纠结于一次失败，要往前看，往前，早晚你会满意的。我整夜的沉默让他的话轻飘飘的。他不再说了，我们大步往前走，走。到了某个小超市他买了两瓶东西，我以为是酒，不，是水，只是两瓶矿泉水。我们一路走一路喝。很凉。他也许想让我头脑清醒睁大眼睛。他没资格教训我，他有什么资格跟我说这些呢？跟我说这些屁话？他老婆像块肥沃的土地一碰就冒出金蛋来，一儿一女都十七八岁了，你有什么资格对我说这些呢。我想骂他，痛骂他，他哪晓得我和刘盐十几年间付出了什么，无数时间无数金钱，什么一镜三丝，什么疏通，什么猛药，什么秘方，什么权威，该看的该找的该做的全找了全看了全做了，终于在她43岁上成了。我偷偷置办了衣服。非常小，像手套一样，像我们小时候过家家的东西。后来全部扔了。

那天晚上我们一路走到东站，又一路往回走。实在走不动了，想找个地方随便什么地方哪怕立交桥桥洞也行，随便找个地方躺下来。十分钟后鬼使神差进入拓东体育场，庄严宏大的场馆在夜里形似高山，我们绕着它走了半圈后发现东外场的小门开着，我们进去，塑胶跑道在极少的月光下微暗发亮，草皮很好，平整鲜绿。是的即便在夜里你也能感到它是绿的，像海平面上奔涌的海浪。我们走上场地，躺下来。怀里已经没有水了，更没有酒，什么也没有了。我们躺着，你并不觉得身下很凉，相反，草皮热气腾腾，似乎有无数星星点点的火光和举着火把的小矮人在草叶之间奔走，在奉献一出惊人的表演，一台完美戏剧，演出他们悲壮的一生。我们仍不说话，连唱歌的冲动都显造作。王重想唱一下别安的某首老歌被我立即制止了，我嫌这种时候太装了，任何老歌都轻飘飘的。我们不再吭声，似乎睡着了。凌晨一点多猛然惊醒，这才感觉到冷。非常冷。寒气从四面八方袭来，王重拽我起身，说附近应该有桑拿，走吧，泡个澡，睡一觉。我跟着他走。我知道他知道我不想回家。我回不了家。我知道我和刘盐再也无法面对面坐着或躺下了。王重摇摇晃晃走在前面，我越来越清醒。找到一家桑拿店进去后冲个淋浴就倒在床上睡了。次日，我醒来时感到羞愧，让王重赶紧回家，他老婆孩子一定急疯了。他说小孟知道我们在一起，没事。我还是让他走，赶紧走。他说也好，他回去，有任何事情，给他电话。临走在我肩膀上重重一拍。我知道他会把单买了。我一直赖到中午。似乎在这个热气腾腾不时有光屁股大肚子男人在眼前晃荡的破地方找到一丝宽慰。直到下午才回家。刘盐不在。我打她电话，关机了。我没再给王重电话。我动手煮了一碗面条，像吃一堆纸一样把它吞进去。半个月后，刘盐收拾东西走了。又过半个月，我们以最快速度离了。

在王重出现之前果然又找到一瓶智利红酒。我打开，醒着。手边的波尔多差不多喝了大半。他来时咚咚咚咚连敲四下。总是四下。我开门。他穿黑夹克，人比半年前瘦了。他说他每天慢跑，偶尔去健身房。我为他倒酒，他说他差不多戒了，喝得很少。

该养生啦兄弟。他看着我，微笑。这家伙的微笑总让我有种想拥抱他的冲动。少年时代，他就这么笑眯眯地看我，跟我天南海北，跟我打打闹闹。

这两瓶喝掉，我们戒。

他喝了一大口，说酒不错啊，问我什么时候存的，哪买的。我说我忘了，彻底忘了。

不是我送你的？

没准。

他哈哈大笑。

我打开CD，《梦回唐朝》像匹惊马横冲直撞，他仰着脑袋嘶吼跟进。我浑身鸡皮疙瘩。这首老歌，我承认，只有王重出现的时候才让我热血沸腾。

之后他关了CD，跟我碰了碰酒杯，问我，刘盐再没消息？

我点头。

唉，你啊——

我自作自受。我说。

你该下地狱啊。他说。

是，我就是这么想的。

算了，地狱里人满了，不缺你这一个。他严肃地看着我，说吧，说说你和小实习生的爱情。

我严肃地跟他说了，还细致描述了那天怎么把石冲打趴下的。我此前在电话里跟他简单聊过，他夸我做得对，就该揍死这些白眼狼，必须让他们知道世界不是他们想象的那个样子。

人呢？那小子，这个什么石冲。

辞了。

要小心，没准半道上黑你。

借他十个狗胆！

王重问了问米苏情况，家住哪里，父母情况，有无阅历，人品如何。我一一回答，像在面对家长拷问。他干了酒，又满上。我也干了。他镇定地看着我，神情比先前还严肃。

明白了。

是啊。

他咧嘴笑了，露出焦黄的牙。

嘿嘿，杜上，有点，亨伯特。

洛丽塔才12岁。米苏成年了。

一样。大几岁小几岁不是重点，重点是性质和后果是一样的。

不一样。怎么能一样呢？

怎么就不一样呢？不也是一个失控老男人和小女人的故事？不也是一个老疯子和小疯子的故事？

我不是疯子，她更不是。我们是认真的。

你说这话就很疯。又又又一次认认真真发疯。

我靠，我不是让你来指责的，我要的是无条

件的支持。

他非常严肃地看着我。

都这把年纪了还不晓得避开某些东西。她还不到20，你指望她陪你下半辈子？你怎么能指望她陪你下半辈子？你在祸害她呀。她就该跟她年纪相仿的小男孩在一起，就该和他们毫无顾忌出双入对，你呢，你比她爹妈还老了吧，你怎么把她拴在你裤腰带上？再说，你怎么知道她不是心血来潮？就没有丝毫利用你的小心思？杜上，你也太小瞧现在的孩子了。

我说不出话来。

你没治了。又又又一次冲动。

我一声不吭。

亨伯特最后杀了人。我不能眼睁睁看着你杀人。

她不是你想象的样子。

她什么样子不重要，重要的是女人和女人区别不大。成熟的不成熟的，区别不大。

他这么说的时候，我忽然发现刚才描述米苏

的过程中竟然无法描述她，无法还原她。我们之间像隔着厚厚一层玻璃，一层冬日黄昏的重雾。

我的意思是，王重继续说下去，她连半熟还不算，她只是个孩子。

她不是了。

性不是重点。重点是她这个人，到底——

你在误解她也在误解我。

我误解你？我怎么可能误解你？

他逼视我。我垂下脑袋。

新鲜的东西，尝过了就离开桌子。再也轮不到你我了。我们老了。

陈词滥调。

撒泡尿照照自己，看你眼泡多大啦，再看看你的肥肚子。

米苏是例外。

靠，哪有例外？

我们有点不欢而散。他走的时候我们的酒没喝多少，一瓶还不到。我又喝几杯，把剩下的酒一股脑倒进马桶。晚上本想再给他打个电话，想了想还是算了。无所谓，他怎么看我无所谓。我知道我们之间不需要这些，不需要死乞白赖强词夺理。不需要。我也知道他必然知道我是不会轻易变的，除非有不可抗力让我改变。他的意思我大致明白：放过她吧。但我坚持我的看法：这件事情，我们绝对是认认真真的。

13

很想给刘盐打个电话。并非出于残存的情感或其他，而是，单纯的友谊加并肩战斗过的记忆，某种一点点一步步消耗在二十年来罕见的接近虚空的共生感。我不知道如果儿子活着，生下来，活下来，我们的关系会不会牢不可破，又或者，我无法确定我们离开彼此是因为深深的恨还是更深的爱。毕竟，我们朝夕相处近三十年，从大二那年就开始了，我们就在校外租了房子同居了。为此挨了学院处分，差点把我开除。最后以刘盐转学告终——她毅然决然当然也是费尽周折转去长沙一所师范学校，而我，继续待在武汉直至毕业。回昆明若干年后我们结婚成家，失去一个、两个、三个和四个孩子之后，仍不停努力，再努力，想尽一切办法。也许，我后来明白了，也许是我们费尽心机遭遇太多麻烦才把我们连在一起的，换句话说，正是那些可怕的磨难让我们如此厌恨对方，犹如一对孪生兄妹，一对连体婴儿，再也无法容忍了，再也没有快乐了，抱怨、牢骚、仇恨和说不清道不明的疲惫让我们迫不及待地分开，转身就逃，越快越好，哪管我们挨过了漫长琐碎的狗一样的岁月。我一直以为她会来个电话的。没有。始终没有。唯有去年底，她忽然寄来一张贺卡，上面写着："我在乌镇，你如影随形，可也不过如此。我痛恨这种感觉。"没了，再也没有多余的话，没有问候，连签名和日期都没有。

我考虑过是否联系一下她年迈的父母。不，我立马扼杀了这个幼稚的念头。

14

十二月来临前一天，米苏说她怀孕了。她是一边收拾碗筷一边说的。我发呆了很久，然后坐下，在我置办的小圆桌上来回抚摸，问她什么打算，她说，还能什么打算？我还没毕业呐，你想让我退学吗，老杜？我说，你想好了？她回头看着我。我说，要么，你再想想，再考虑一下？我像赤裸身体站在雪地里，胸前一道很小的伤口正往雪上一点一点滴血。

你要我生下来？

我点头。

不行，我不想。我还不想当妈。

我知道，我知道，我知道你这个年纪——

我知道你想要一个孩子。我知道。能看出来你简直想得要命。但是，老杜啊，我不能要他。你知道我还不能要他。

你问问你爸？

你疯啦，这种事情怎么可能问他？

听听他意见，没准——

他会从宁波飞过来杀了你再杀了我。

再想想？

你就那么——

再想想吧，求你了。

她走过来，抱着我的脑袋顶住小腹。那地方柔软温暖，毛衣上有清香。似乎有某个细小的呢喃之声尘埃一样传出来。很快一片寂静。一种绝对的超然的纯粹的寂静。

晚上我们看了一部伯格曼的《芬妮和亚历山大》，虽然几个片段深深打动了我，我还是走神了。米苏也心不在焉。十点多，我建议下楼走走。她穿上羽绒服，戴上一顶火红色的蘑菇状帽子，套上棉鞋。我们选择与平时相反的方向逆时针自东往西，她依偎着我，孤单而害怕。我紧紧揽住她，希望她回心转意。可我知道大局已定。我什么也改变不了。我痛恨我把她拖入这样的境地，感觉比我和刘盐离婚前夜还糟糕。我们穿出一条僻静小街来到某商业中心外围的儿童游乐场，这么冷的天，又这么晚了，游乐场里没有一个孩子。我们进去，在跷跷板上玩了半天，之后在巨大的蓝色塑料城堡里捉了一会儿迷藏。我忽然发现我很喜欢这个游戏——躲起来，让她绕着厚实的墙壁和城门来回找；灯光昏暗，她很难马上发现我，我躲得很好，很巧妙也很狡猾，让她晕头转向，她一次又一次虚张声势且可怜巴巴地高声呼唤发现你啦，我看见你啦。实际上并没有，只要我小心躲起来，藏好，或循着她的路线逆向往回走，跟随在她身后，藏在一个又一个洞窟之中，像大白鲨那样，先按兵不动，再伺机扑向猎物。连续玩了几轮，我总是轻而易举找到她，她呢，始终找不到我，要不是我主动缴械，大声告诉她我的藏身之所，她真的毫无办法。最后一轮，她慌了，大喊大叫老杜，老杜，你在哪儿啊，你快出来！但这一次，我躲在门洞里屏住呼吸，紧贴冰冷的塑料墙壁，四周黑暗，没有一丝灯光。我渐渐感到恐惧害怕，但我竭力忍住。不管她怎么叫喊，我一概不答应，不发出丝毫响动。冷风贴着塑胶地面飕飕吹进来，我瑟瑟发抖。但仍不想马上暴露自己，不想马上冲出去站在她面前，尽管我多么想立即冲出去。她凄厉地叫喊，带有明显哭腔。我吓一跳，但仍是固执地藏在洞窟里一动不动，直到米苏拖拖拉拉走到城堡中间，哭着大声喊我，老杜，老杜，你出来呀，你出来，我害怕。我跳出来，说我在这里，我在这里。她扑向我，给我一耳光。我抱住她，一面道歉一面带着残忍的快感承认，好啦好啦，我错了。

老骗子老混蛋。她一面哭一面大骂。

我紧紧搂住她。她眼泪飞溅，像一粒粒铁水扎着我的脸我的手。我敞开羽绒服将她紧紧裹住。现在我确定城堡里只有我们两人，外面偶尔有三五行人经过，走得飞快，低着脑袋夹紧脖子抵御寒风，没人留意一个儿童乐园里老男人和小姑娘的游戏，没人在乎谁哭了，是啜泣还是嚎啕大哭。

那几天一遍又一遍听熊天平的《一个人流浪》，我们俩也很奇怪为何对它不离不弃，总有什么东西往我们身体内部钻，不知是口琴，还是他纯净的嗓子，又或是他充满孩子气的嘶吼。冬天夜晚听这首歌再好不过了，我们再也不想别的，好像它已经消耗了我们全部的体能和心智。那天深夜，屋外有人吵架打骂，我们惊醒过来，发现声音来自四楼。楼顶上很快响起一连串咚咚咚的脚步声。我们躺着没动。半小时后，男人女人的战争消停了。我再无睡意，起来坐在客厅沙发里，把电暖气打开，我想把我和米苏的关系梳理一遍，但脑子里空荡荡的，又出奇清醒。一种向外扩张的幻光渐渐凝固成厚实的体积庞大的块垒堆在黑暗中，像巨冰，又像搁浅的鲸鲨。甚或，就是一种寂静。单纯的大面积的寂静。我不明白我怎么了，不明白我感受到的沉重的压力来自哪里。孩子，刘盐，还是米苏？或者，我们脆弱的一直躲躲闪闪的办公室恋情？我不知道他们发现没有，不知道这帮小子发现了作何感想，不知道未来究竟如何。大约四点，我进厨房，拽开冰箱——嘎吱一声，米苏醒了——我举着杯子返回沙发，斟了半杯红酒。太冰，我喝不下去。这么冷的凌晨根本喝不下去。脑袋前方悬着一条冷硬的白线，令我头脑清冽。干脆喝了一杯热水。米苏凑到我身边，问我怎么不乖乖睡觉。我说我做了一个噩梦，梦见我们被何总啦丁总啦以及办公室这帮人捉住吊起来鞭打。她苦笑，睡眼惺忪，头发很乱，像那个再也找不到我的迷路的孩子。我问她要喝酒吗，她摇头。之后她忽然清醒极了，瞪着两眼看我。她说她想起宁波老家，想起了那个坏人……我说，这就是你不想留下“他”的原因？她摇摇头，说那个坏人的气味、身体永远定格了，永远像恶性肿瘤长在体内了，再也挥之不去。所以，她说，当年，她是带着恶狠狠的畅快做了手术的，她觉得从体内消失的人形就是微缩版的那个坏人。至于这一次，这一个，她仰脸看着我，在我下巴上亲了亲。哦，老杜，我怎么能给你添麻烦呢？我怎么舍得给你添麻烦呢？更何况，不能让一个孩子把我打败，我还有很长的路要走，我还没准备好呀老杜，我害怕，我非常非常害怕，你理解吗？

我点头。

你真能理解？

当然。

我害怕呀，老杜。

害怕什么？

害怕你把我扔下不管。就像今天晚上，那个狗屁的童话城堡，你把我扔下了。

没有，我在，我就在那里。

我怕得要死，可你没了，消失了。

我在呀，傻孩子。

我不是孩子。早不是啦。

傻丫头。

睡吧，好好睡一觉，明天还要上班，还有很多事情等着你。

睡吧，我们睡吧。

那天早上米苏请了假，中午返回公司，下午，我们开了例会。就是那天，正是那天，我三拳把石冲打翻在地。我闯了大祸。

15

比我想象的还要简单：从人事处签完字办完手续，即刻收拾少得可怜的东西，也就两只我喜欢的杯子，几本好书，几份涉密材料而已。我走得悄无声息，没跟叶子文岚打招呼，她们根本就没发现我离开了。永久离开了。再会吧二位！我只能在下行电梯里默默祝她们好运。之后我给何总打了电话，他一声长叹，祝我万事如意。我哼了一声，他说，你在冷笑？我说，你觉得呢？他说，我会告诉财务，多发一个月薪水的。我挂了电话。下午我打米苏手机，接连打了五个，她一概没接。不知道她怎么了，去哪儿了，既不在毫无意义的办公室也不在她小屋里。我待了不到一小时就决定回家一趟，不假思索收拾旅行箱，虽然还没想好我会把它带往哪里。

几套换洗衣服，几双袜子，一双球鞋，一双皮鞋。再就是两三本书，都是小说，法国人维勒贝克的《基本粒子》，加拿大人迈克尔·翁达杰的《英国病人》以及海明威的《太阳照常升起》。哪怕余生仅有这三本书陪伴左右也足够了。我不需要太多阅读。我不是作家，我只看我想看的。之后，为做好充分准备，我往手机里下载了熊天平的《一个人流浪》，带上蓝牙耳机。东西还是少得可怜。我拖着箱子下楼，出门。就在小区花园边上，石冲和另外两个陌生小子就坐在那里。是他，没错。源于青少年时代的暴力反应差点让我拎着箱子往后跑，但我没动，只是站着，直直站着，掏手机给王重打了电话。三个小子迈着迟缓的带试探性的步子向我走来。王重问我怎么了，我说你来就是，别啰嗦。他说他远在70公里外的嵩明，今天陪客户验收，无论如何赶不到啊。我靠，我说。石冲，三个人，在我楼下。远水解不了近渴，他劝我报警，马上，立刻。我说你真在嵩明？他说当然。我说好。他说抱歉了兄弟，实在是——我挂了电话。我不想打110。他们包抄上来。经验告诉我最好不动，视对手情况再行还击。石冲靠前，另外两人缩后面。石冲说杜总出去啊。我说，是。他盯着我，两手揣在兜里。我说你单挑，还是一起？他们凝定片刻，然后一哄而上。我承认我很快被困住了，他们毕竟年轻，身强力壮牛高马大。他们揍我，抱住我的腰。箱子飞出去老远。我以为石冲要狠狠报复我。不料他站我面前，满脸疑惑地打量我。似乎我们从不认识。我想起我面试他那天下午，他一脸憨笑，像个傻子，和此刻的表情天渊之别。我说，三对一，可以啊。他说，他想让我跪下，行吗？我已经满嘴血味，冲他吐出去，他闪身躲开了。他说，你们这些老家伙多厉害啊，大丈夫能屈能伸，这点道理你还不懂？我继续往他脸上身上唾出血沫。我冰冷麻木像丧失了知觉但意识清醒像攥着刀和枪，没有一丝一毫的害怕。他们只是三个90后小子。毛没长齐呢我靠。疼痛只是暂时的。他们还可以狠一些，再狠一些。他向后退开，两个小子一左一右钳住我。杜总啊杜总，他开始唠叨，跪一次不难，十秒钟完事。我冷笑。你笑什么？他给我一耳光，非常狠。我半边脸火辣辣的，也许肿起来了，鼻孔在流血。他说下去，杜总啊，我憋了一肚子话要说。你听吗？能给我一个机会吗？给我一个彻彻底底的说话的机会好吗？我没吭声。好，你同意了。谢谢杜总。非常感谢。

他站我对面，喷出酸臭的唾沫。

杜总啊，伟大的杜总，其实我心里对你充满感激，你把我从原来一个小公司里解救了，你把我的写作欲望释放了，你让我非常自豪，让我写出想都不敢想的阅读破千的好文章，收获了那么多粉丝那么多赞美。真的，这是从前，我大学毕业之后三五年里从来不敢奢望的奇迹呀，我认定你是这个世界里少有的理想主义者。我一直这么看你的，我崇拜你，仰视你，希望某一天也能像你一样领导某个新媒体公司，写出好文章改变读者，改变这个世界。我一直这么想的，你让我渴望干出点不太一样的东西，绝不一模一样的东西。这世界没劲透了，我们缺乏耐心，缺乏你们那代人身上的非要跟什么人和事死磕的东西。我们吃饭睡觉，结婚生子，然后呢，然后麻烦又来了，孩子过着一模一样的生活。这太可怕了杜总，伟大的杜总。好在，有你这样的家伙冒出来，非要干点不一样的，不幸的是你们真干成了，不是失败，是成功了，你们把老家伙们揍趴下了。然后呢？然后你们大多数人完蛋了——这时候伟大的杜总们迷失在独辟蹊径的巨大幻觉中，迷失在摧城拔寨的巨大狂喜中，你们并没发现，你们居然没发现你们还是按照老家伙们的老掉牙的套路干出来的，你们以为完美地实现了自我，其实远远没有，你们像人工智能一样早被规定好了，早就上好了发条，老家伙们是趴下了，可他们全都活着，他们活得好好的。他们没死，他们死不了。你们是他们的一部分，他们是你们的一部分，你们的骨头血肉皮肤和牙齿。你们就是从他们那儿来的，你们永远干不死他们，你们永远不是真正的你们。他们随时在你们身体里满血复活。你们最大的错误就是满嘴仁义道德、原则底线、拼搏奋斗。有时候我真想把你嘴巴撕烂，把你，把我崇拜仰慕的你们狠狠打回原形。你们也就多熬几年多吃几碗干饭罢啦，哪有你想象的那么重要那么高高在上。杜总啊，伟大的杜总，难道你不知道你已经变成神经兮兮、唾沫横飞、狂喷乱骂的那类人、那些尸位素餐的蠢货之一？难道你真的无法从你巨大的幻觉中醒来？你没意识到你再也砸不碎任何东西了，再也写不出犀利的爽文了，再也不操心未来好还是不好了。你开始重复他们的套路，因为他们像好莱坞套路一样屡试不爽。我真搞不懂，这些破烂怎么就成了我们这代人理解不了也做不到位的东西？怎么就成了套在我们脑袋上逼我们低头就范的东西？我们战战兢兢谨小慎微从不敢越雷池半步，你呢？你自己呢？

我还是我啊，小子。我打断他。

不不，你不是，你异化了。你完全不知道。说最简单的吧，凭什么我们拼死拼活干满八小时，你迟到、早退、想来就来、想走就走？凭什么我们为你吃苦卖命捞不到半句好话，除了抱怨还是抱怨？凭什么你出门打的、吃饭报销，我们跑一趟业务还自己掏钱？还有公平吗？难道，你真以为这些事情是你应得的？我们，比如我，好不容易考上大学拿到硕士文凭进了公司被你一个本科生领导着，被你们这些自以为是的70后摁在地上，房租水电要吃要喝一个月不向家里伸手就谢天谢地啦，一日三餐都在小饭馆里窝着，每顿饭不超十五块钱，你呢，你们呢？你们当年也吃苦受累，为什么再也不能理解吃苦受累的年轻人的生活？好吧，你白吃白拿就算了，偏偏连实习生也不放过——多好的米苏啊，我们没一个不喜欢，刚来不到两个月吧就被你，一个满脸褶子的老家伙掳走、拐跑了，凭什么？就因为你是领导？就因为你年薪是我们几倍十几倍？就因为跟着你吃香喝辣前途光明？那你每次例会说的那一大堆不是放屁是什么？你让我们自力更生做生活的强者敢于挑战成规和权力，你呢？你挑战了哪些成规哪些权力？你就是个欺上瞒下浑水摸鱼的滑头，一个牢牢抓住机会的利己主义混蛋，你成功了，你成了现在的你，也早就变成你最反感最厌恶的你了。你根本不能容忍年轻人一丝一毫的冒犯，就连说错话也不行，你恶狠狠地把我们打翻在地，还踩上一只脚，你从不反思自己做错了什么，凡事塞责诿过骂我们全是白眼狼，你太可怕了老杜，你太可怕了。你不是你想象的样子，不是一个好领导该有的样子，再也不是我们期待的样子了。你堕落了，你溃败了。我为米苏痛心，我们四个，我，王雷、周沫、小褚，都为米苏痛心，全天下的好男人都死光了吗，非要傍一个老家伙？我们找她谈，她一声不吭你知道吗？她想抄近道走捷径，现在的姑娘啊。你说我们这代人完蛋了，她呢？你的米苏呢？她们呢？说白了你们的爱情也就那么回事，各取所需罢啦。烂透了，真烂透了。是你让我们向你学习的，是你鼓励我们按照你的逻辑往前走的，一旦出了问题你翻脸不认账。你，你们就是这么卑鄙下流。你不是我仰慕的杜上了。再也不是了。跪吧，你不是为我下跪，你是给我们这一代人下跪。你还有脸说你总是对的吗？还想否认吗？你否认不了。杜总，你想否认也否认不了。

他一口气说完，呼呼喘着，眼里噙满热泪。

说完了？

我知道你又想批我了，你总有各种各样的理由批我。你想让我觉得自己还不如一坨狗屎。

我摇摇头。

跪下！

我冷笑。小子啊，你在演戏。你没意识到你一直在演戏。这世上戏子太多了，不缺你一个。

跪下！

另外两人压我肩膀，我抽身一人一拳还回去，他们猛扑上来，揍我的脸和肚子，石冲狠踹我，想让我跪下。我硬挺着。男儿膝下有黄金。我怎么可能给一个90后下跪？

他们停下来。或者因为暂时的绝望和心虚停下来。我吐出半颗碎牙。他们喘得非常厉害。

我曾经多看好你啊。我说。我强撑着，不让自己倒下。算了，算了，你说的有理。但是，晚了，我辞了。

他一脸惊讶。

辞了？什么意思？

就是不干了。我不干了。

如果警察没及时赶到我也相信他们会就此罢手的，我也相信他心底会突然冒出一丝遗憾或愧疚的。他从此把我看得更清楚了，我和米苏不再是他暗中虚构的对象。王重来电话说是他报的警。我猜是他。警察将我们带走，我一再表示愿意私了，双方再无纠葛。警察不信我的，反复找石冲和两个小子问话，最终，他承认我们之间有小误会，已经沟通好了……办案民警对我的态度很不解，你确定？我点头，重申了我的态度。他记下我的电话。在讯问笔录中，我说我们之间的误会解除了。警察把我拽到一边，问我是否遭到了人身威胁，我予以否认。他看着我的箱子，问我出门？我答，是。去哪？不知道。不知道？真不知道，我说，我没想好。三个小子临走前的眼神挺复杂。石冲一脸茫然，低头走出去，冲我挥了挥手，算是曾经的部下对上司的最后道别。

16

很晚才回到米苏住处，敲门，箱子拎到脚边，拉杆坏了，再也塞不进去。她开门，见我第一眼就吓坏了。我告诉她不必担心，我已经在一家小诊所看过，医生用双氧水清理了伤口，也让牙医看了牙，他们建议我种颗新的，或者贴瓷。但无论哪一种，等伤口好了再说吧。我认为只要不影响吃饭就无大碍。他们给我开了消炎药。染了血的衣服我脱下扔了，从箱子里翻出一件夹克穿上。来这儿之前我还买了两斤草莓。她很快洗净了端上来，让我躺沙发上别动，冰凉的手指在我脸上来回抚摸，让我觉得我像她豢养的猫犬，在外面受了点伤第一时间跑回来撒娇卖惨。这种感觉真不太好。

我意识到，今天她电话一直关机。

你去哪儿了？

她没吭声。

我明白过来。仰身看她。像第一次看她。真正受伤的是她，不是我。

你怎么不叫上我？

她没吭声。

你该叫上我。

她还是没吭声，为我泡了一杯黑咖。我说你别忙活了，躺下休息，必须好好休息。不是闹着玩的。

我用最古老的方法为她煮了一碗红糖鸡蛋，她躺在沙发上。窄小的沙发无法完全容纳她，她探出脚踝，上面有淡蓝色血管。我拽起毯子盖住它。

没事的。那年，我也一个人。

她不害怕？一点不担心？

我怕的是你再劝我留下他，我怕的是我心一软就听了你的，那就——

什么？

她又不吭声了。

你不太相信我。

我很在乎你呀，老杜，非常非常在乎。

那我们就努力在一起。我们也会在一起。

晚上煮了面，我手艺不错，得到她的表扬。今天无论如何不能出门了，必须待在屋里。熊天平的《一个人流浪》现在听上去惊心动魄。她忽然说，她想家了。想宁波的家。我说要不，明天我们就去一趟宁波？

明天？

对，明天。

把你正式介绍给我爸？

没错。

我跟他说过你……

我想见见他。很想。他跟我同岁？

大你几岁。我妈妈跟你同岁。

必须见一见。

之后呢？

之后什么？

见完之后呢？

我看着米苏。你有什么打算？

这话应该我问你呀老杜，你什么打算？

暂时没什么打算，米苏同学，我什么打算也没有。

我心里忽然空荡荡的。也许她一个人做了手术是不愿捆住我，让我留住自由。其实我早已没有自由了。但现在，辞职之后，自由的感觉重新回来。我浑身充满想象不到的轻松，就连刚挨了揍的身体也觉得轻松自在。那些皮开肉绽的小地方会很快长好的。

阿维尼翁。

什么？

她重复了一遍。我感到眩晕。也许是被揍得太狠，眼前似乎有淡淡的白雾飘动。她说那是法国南部的著名小城，每年有戏剧节，她早就心向往之，想去看戏，想感受美丽的法国南部。

那么，我们先回一趟宁波，看看你爸，然后去阿维尼翁？

不不不，老杜，千万别勉强。我是随口一说的。

没事，我会认真考虑的，好吗？

好的。

她笑了。在我脸上使劲亲了一下。

但是，还没到晚上我就已经决定了：去宁波之前就办理签证，昆明就有法国签证中心。我会准备一笔钱。米苏满面通红，说她只是随口一说，我完全可以忽略她的提议，可以重新找一个工作。我说我暂不考虑工作，至少半年内不会。我累了，我想休息。你会支持我吗？会，当然，你是不是老糊涂了？我亲了亲她的额头，热热的，甜丝丝的。我们决定次日就把资料报送某旅行社，这样一来，也许我们从宁波返回就能拿到签证。昆明也有直飞巴黎的航班，每三天一班，抵巴黎之后——米苏查了攻略，可在里昂火车站乘高铁直达南部，至尼姆小城转乘大巴，一个半小时后抵达。或从巴黎直飞阿维尼翁。无论如何，先到巴黎再说。一旦敲定行程难免令人兴奋，在昆明遭受的一切都可以抛下了，法国南部也并非遥不可及。

夜里我们挑了一部法国老电影，《最后一班地铁》，德纳芙优雅冰冷的美令人窒息。稍稍令我们不太满意的是，她和德第帕约的爱情直到电影快结束时才开始。我不太明白为何要取这个片名：最后一班地铁。地铁，和这个发生在一座古老剧院里的故事搭不上边。是因为片子开头所说，巴黎人在德军占领期间须在宵禁之前赶上最后一班地铁才能维系正常生活？还是，暗喻男女主角的爱情最终还是对上点儿了，并未错过？我倾向后者，米苏表示她看不太明白，影片对巴黎的展示也极其有限，更像是摄影棚里拍出来的。我推荐她看《午夜巴黎》，她一定会喜欢。十二点，我买了飞宁波的机票。

夜里我轻轻抚摸她的小腹，耳朵凑上去仔细听。万籁俱寂，我听到一片宇宙般浩渺的空洞与黑暗，一种绝对的静止。再也不会有了，不会有一个鲜活的属于我的小生命待在其中了，不再会有一个小家伙视我为上帝，不会有人从混沌中挣脱出来嗷嗷大叫着和我发生最密切的联结。不会有了。什么也不会有。我听到和当年刘盐肚子里一模一样的回声，引领我进入其内部飘荡，无休止地飘荡。她还年轻，米苏，还只是个孩子，并未意识到生命的孕育和失去意味着什么，就好像生命永远不亏欠生命，什么也不会亏欠。

半夜我核了一遍银行存款，我想我们即便在阿维尼翁待一个月钱也还够用，至少能撑到明年春天吧，只要尽量节省。再不济，我可以把我的两室两厅卖掉，趁现在昆明房价正步步上扬。之后再买一个小一点的，旧一点的。再考虑工作问题。将来干什么呢？什么也不想干，不想再干，总在重复自己到底意义何在？我老糊涂了，越老越糊涂……清晨，我被米苏唤醒，她给我泡了黑咖，煮了面，煎了荷包蛋。我吃的时候她开始收拾行李。上午我们把签证资料备好，旅行社的人上门揽件，我付了费用。下午四点我们出门，街上一片灰白，深冬气息凛冽干冷，街上行人不多，绝大多数店铺都关着，天空是一种淡淡的鲸灰色。我们叫了网约车，直奔机场。沿途驶过的街区我熟悉又陌生——熟悉的是方位，是我置身其中几十年的那种天然的亲切，陌生的是道路和道路之外广袤凌乱的楼群和工地，是与任何一个城市都没有区别的丑陋的雷同，那种带巨大蓝色玻璃墙面的楼房一座挨一座，以一种不间断的单调矗立在旷野之上，旷野不再成其为旷野，其中缺乏足够的人和整饬的路面及附属设施，只是一片干燥冷漠的建筑群落，缺乏活力和温度的城市遗迹，不像是为未来开发的，反倒是提前衰败死亡的尸骨。我们一路无话，她靠我肩上，看着车窗外面。至今我仍然不太明白昆明对我的馈赠到底是什么。我们像所有人类一样挣扎求生，情感也许早就枯竭了。也从未经历过更没拥有过城市的黄金年代。我不相信关于这座城市的任何抒情。人就是只能简简单单活着的为生计奔走忙碌的动物而已。一想到我已然辞职，顿时浑身轻松。说不出的轻松。

快到机场的时候王重打来电话，问我昨天情况，我简单说了几句就想挂断。他听出了什么，忙不迭道歉说他昨天的确在嵩明，分身乏术啊，实在没有办法赶过来把他们干趴下舔我们脚丫呀。我说，没事。他问我伤得重吗，我说真没事。他问我不上班啦？我简单说了两句，实在不想多说了。被揍的地方，鼻梁、眼眶、颧骨这时候火辣辣的，远比昨天疼得多，要不是昨晚及时冰块冷敷，今天一定像猪头一样肿胀。我说我累了，不说了好吗？我没告诉他我要去宁波。实在没必要说。他让我保重，语音像窗外飞逝的烂尾楼一样后撤。照顾好自己。他说。他让我感觉我也是个孩子。好的，放心吧，兄弟。我说。我也许的确像个孩子。

米苏让我拿下墨镜，仔细看了又看。还好，就眼角——

没事，到宁波就好了。

我们先找地方住下，我带你玩两天再去看我爸。

听你的。

下了飞机我们打车进市区，挑了一家还不错的公寓酒店。之后她带我转了老外滩、天一阁。我没觉得宁波和昆明有太大区别，除了我一句也听不懂的方言，城市和城市实在相像得令人绝望。在颍州公园划了一下午的船，我们决定去一趟绍兴，再跑一趟杭州。上有天堂下有苏杭，但最后发现，也许全绍兴只有王羲之的兰亭像点样子，著名的沈园也不错，我们拍了大量照片，尤其在陆游写给表妹的那首著名情诗的墙壁前拍了十来张；某处回廊里偶遇可写诗题字的风铃，干脆彼此各写一片高高挂起来，期待若干年后重游故地时带给我们惊喜。我告诉米苏，丽江古城入口处也有这种东西，她说对啊，沈园就是学的丽江啊。这句话让我兴味大减。次日抵杭州，西湖比我想象中大很多，苏堤白堤也不错。忽然想起痛仰那首著名的《西湖》，我问她听过吗，她说，没有。我找出歌，让她戴上蓝牙耳机。我们总算找到一点为著名景点一起感动的欲望了。歌声很棒。可惜没有雨也没有太阳，冷得要命。西湖人不多。遥远的雷峰塔孤零零立着。米苏说已经下过一场雪了。断桥残雪，走走走。那地方倒也契合心境：湖边零零落落有残雪浮冰，石拱桥巨大又落寞，匍匐在斑驳参差仿佛永远丧失生命力的垂柳下面，默默承受人类的践踏。我们在桥上待了很久，没拍照，也没说话，似乎担心惊扰这些逆来顺受的大家伙。我们绕湖走了一圈，累坏了。我渐渐领悟到寒冬西湖的萧瑟与时间流逝千年的溃败，它让眼前的风物忽然生机勃发——因其不可逆的消失和沉沦才显现的衰敝之美。我们呆站在一棵光秃秃的垂柳下遥望远山，遥望浩渺的湖面。

你怎么样？我很久才想起来问她身体是否顶得住。毕竟，手术才四天。

没事。她的神情有些落寞。

我们走？

比起宁波，我更喜欢杭州。

是啊，当年的汴梁。不是随便哪个城市就能做都城

的。昆明当年只是南诏国的拓东城，国都是大理。

那年，我在杭州做的手术。

为什么？

我想跑远一点。一个朋友家在杭州，她带我来的。

然后呢？

然后我爸妈一路追到杭州。

她举头盯着宽阔平静的湖面。寒风料峭，很冷，像刀片来回划拉。

我当年多喜欢杭州啊，非常喜欢。来了就不想走。真的。我当时就想，我就待这儿算了，不上学了，或者，随便找个什么学校随便上个学，会认字算术就行了，以后再随便找个什么工作。养活自己一点不难，对吧，老杜？当年我连学校都

找好了，一所私立学校，学费挺高，我没钱呐，就借呗，我给我在深圳的叔叔写信，让他给我钱，他从小就对我好，他要是收到信一定会给我钱的，一定会的。我哪知道啊，我爸妈拿着那封信找到我住处，把这封信，这封情真意切的信砸我脸上，你能想象吗，老杜？

我点头。

他们骂我，用最难听的话骂我。那么小就被骂得那么难听。我爸直接上手，我疼得快死了。他让我立马收拾东西跟他们回宁波，一分钟也不能耽搁。我再哭再喊他们当没听见没看见，他们只有一个愿望，让我立即回到宁波回到学校重新返回原来的生活。他们不需要一个离经叛道跑到杭州躲一辈子的女儿。他们没有这样的女儿。我说，你们让我留下来吧，就当你们没生过我吧，我有我的活法，我不回去了，成吗？为什么我就不能按自己的意愿活呢？为什么呢？你们怎么就那么肯定我活不下去活得不好呢？我有手有脚，干吗非要读书上学工作挣钱你们才满意呢？你们不是恨我吗，那不正好，眼不见心不烦。

她停下来，过了两分钟继续往下讲。

他们不干。他们说我是他们女儿嘛，哪有女儿不听父母的，我高中还没毕业，天底下哪有这样年纪的女儿偷偷离开家跑那么远的，哪有？哪有随便为自己谋划将来的？他们打累了，开始苦口婆心，说他们这么做当然是为我好，他们含辛茹苦把我养大，哪舍得看我一步一步堕落，连家都不要了，爹妈也不要了，非要跑那么老远来自己谋生活，再说，生活真有我想象的那么简单吗？我电视剧看多了，脑子看坏了。我说我哪看过什么电视剧啊，除了《新白娘子传奇》，我哪还看过别的？对嘛，他们说，我一定是被白蛇许仙洗脑了，所以跑来杭州。他们都是假的呀，而且都没什么好结果呀，你干吗还要来？我说我也不知道干吗还要来。我要是知道就告诉他们了。白蛇许仙的故事我早就烂熟，也算是我来杭州的原因之一吧，但不是全部原因。他们还想打我，但累了，没力气了。干脆，把我关在旅馆房间里，让我闭门思过。第二天，我说，好吧，我跟你们回去。

那么快就妥协了？

胳膊拧不过大腿。再说，我饿了。米苏笑了，露出漂亮的小虎牙。他们饿了我整整一天，我觉得我没什么不能接受的了，回就回呗，只要填饱肚子。我妈问我，想吃什么，你知道我怎么说的？

杭州小笼包？

哪呀，我说，给我来一桶康师傅红烧牛肉面。我妈立即给我买了，给我泡好，我欢天喜地吃完，收拾东西，跟他们回家。

后来呢？

后来，一切正常。我上学，考高中，考大学，然后遇上了你。

我们相视而笑。

不对。我看着她。你肯定把什么事情跳过去了。

她没吭声。

我问她，我脸上的伤都好利索了？

还行。

那就好。

我爸话很少，你不用考虑说什么不说什么，你想说什么就说什么。想怎么说就怎么说。

说我想劝你退学，跟我过日子？

你要真这么想的，就说呗。

不，我没想好。没完全想好。你应该完成学业。还剩两年，一眨眼就过去啦。

就是嘛。

要带什么礼物？

回宁波再说吧，总不能在杭州买礼物吧。

夜里很累，累得我们在空调开得很大的热烘烘的房间里倒头就睡着了，一觉醒来九点，我们买了高铁票，下午两点上车，三点即回到宁波。下了高铁，我对这个城市实在失望。一个曾经带给米苏重创的城市自然不会赢得我的好感。不过，我想，我一定片面肤浅地曲解了米苏与宁波的关系。

17

小区是老小区，街面稍背，与闹市区隔开。街边有茂密的梧桐，此时都掉光了叶子。在我看来和米苏现在租住的大院没有本质区别，不同的是楼房没那么高。一梯两户。电梯也很老了，上去后嘎吱嘎吱响。但楼道远不及昆明茶叶公司宿舍幽暗，从前前后后洒进光线，进去后亮堂堂的。过道里也没堆放多余东西，墙上的小广告也被清除了，有墙漆刷过的痕迹。米苏介绍，她爸原来是某国企小领导，妈妈在公交公司。这栋房子自20世纪90年代末搬进来，再没挪过窝。小区外面就是闹市区，生活方便。现在寸土寸金，在没有开发计划之前，守住这里是必须的。

没想到他早早站在门口等着。

您好。我说。

他微微点头，侧身，让我们进去。我注意到他几乎没正眼看一下女儿。

这个瘦瘦的还算精神的中年男人梳三七开发

型，发量比我多得多。穿灰色棉服，抬起胳臂，淡淡地说，坐。

我爸，她说。这位就是老杜，杜上，我的前老板。

米先生好，我再次致意，抱歉啊，这次来之前没打招呼。

我不姓米，我姓周，周恩来的周。

姓周不姓米。这么久了她居然没告诉我。我发现他五楼的家和我想象的几乎一模一样：老式家具，干净整洁，光线很好，厨房里透出肉香。老周说他炖红烧肉，今早买的最好的五花，专为我们做的。我转身，赫然发现墙上一幅黑白人像，大大的，五官周正漂亮，酷似米苏，但并无笑意。照片下面有香炉，香炉里三支香没点。老周让我在单人沙发上落座，自己坐对面藤椅上，靠一只垫子。米苏去了卫生间。出来时为我们沏了茶——她轻车熟路，动作干净利落。茶几上已经放着两碟瓜子花生和宁波米糕，她让我尝一块。我尝了，糯而软，香甜可口。

这么说，你跟妈妈姓？

她点头。

老周让我喝茶。说我应该比他小两三岁？我说，是，周先生好眼力。他把灰棉袄脱下，换了一件抓绒外套。之后，又把空调温度上调了两三度。说，米苏从小就跟她妈姓，他们夫妻感情甚笃，所以跟谁姓都没关系。妻子在米苏17岁那年走的，乳腺癌。他们原本打算让米苏就考宁波本地大学，最多去杭州，可没想到，她偏偏选了昆明。

这就是命。他说，她从小就想离开宁波，现在，称心如意了，跑那么远。

你别这么说。

为什么没考杭州呢？

我报了呀，没考上。

两人笑了。我看不出父女俩有太大嫌隙。也许，感情远比我想象的好得多。如此看来，我和她之间的故事她一定跟老周交了底。

我在宁波一辈子，也就两套房，这套我住，给她留了一套，在城北南京路。晚上你们要是觉得不方便可以过去住，我这里太小，三室两厅。

三室两厅不小啦。

当年我和她妈，她外婆，一家四口，刚好，现在忽然空下来，一下子空下来，反而觉得小了，憋闷，我经常下楼遛弯，一走五六公里，一进门回家就觉得屋子小了，好像不够挪身了。我在家待的时间不多，经常出门找老朋友下棋聊天。有时候也给自己做碗吃的。

我爸的阳春面是一绝，当年就靠这碗面把我妈娶到手的。

老周笑了，眯着眼睛。看起来女儿回来一趟让他激动。米苏建议不如晚上就做阳春面吧，就着一锅红烧肉，多好。他满口答应，说那就阳春面，缺几根葱，你们坐，我去买。米苏自告奋勇，要带我去一趟附近菜场，老周没再反对。我随米苏下楼，菜场不到一公里，菜品齐全丰富，我杂七杂八又买了不少东西。进门后他开了一瓶黄酒，面擀好下锅，红烧肉也好了。米苏把香葱洗净，切好。老周的浇头没让我看，我安静地坐在饭厅里等着，屋里肉香扑鼻。

阳春面真是好，雪里蕻、香菜和葱花恰到好处，酱油辣椒油也刚好，多一分则多，少一分必少，我啧啧称奇，说你这手艺绝对盖过五星级酒店大厨啦。我吃了一大碗，黄酒就红烧肉，连敬他三杯。他没回敬我。他似乎酒量不行，平时想必喝得不多，三杯下去脸色酡红。米苏一口没喝，她手术没几天还不能碰酒。不知不觉我又喝了三五杯，明显有点大，黄酒后劲吓人。我在空荡轻飘的状态下自斟自酌，老周已经摆手不喝，冲我笑笑，挪到沙发上打开电视。米苏劝我少喝点，我没听她的。我发现平时极少喝的好酒往往令你放松警惕，尤其身边有你在乎的人，你简直能把全世界的酒都喝光。我极少喝大酒，即便把石冲揍趴下，即便当何总的面道歉也没喝过一滴酒。是的我突然意识到该喝一次大酒了。在米苏那儿最多一杯红酒。比起微醺，我们俩似乎更喜欢没有酒精的绝对清醒冷静的亲密。

饭后米苏拖着我下楼走了两三公里。深冬的

宁波真冷。让我想起武汉的冬天。湿漉漉的冰粒裹挟寒风敲在脸上，让你感到骨头和关节在拼命抵挡寒气的过程中渐渐僵直，你不得不快步小跑，让自己暖和起来。十几分钟后你热起来了，舒服多了，酒劲儿也慢慢消散。宁波街头空寂开阔，像一只摊开的盒子。米苏问我，对她爸什么印象，我说挺好啊，人实在，也亲切，对你也很不错。米苏半天没吱声。我们往回走时她才说，他们俩的关系是从她考上大学才慢慢好转的，也许，她大了，也许，是妈妈的离世让他难以承受，急于从女儿身上找到安慰。我说，有的父母反倒是另一半去世之后对子女忽然疏远了，把自己关起来，像躲在墓穴里。你爸的情形可能恰恰相反。米苏说是啊，所以她当年曾犹豫了半天要不要复读再考，就考宁波或杭州，但是，她在黑暗中站下来，由于围巾遮住脸，她两眼漆黑明亮。我那时多讨厌他呀，多恨他呀。你看他现在这样，对你也周到，待人还算亲和，你能想象当年他拖着我的头发把我拽下楼吗？你能想象吗？我没吭声。默默走了五六百米，从方位上判断快到楼下了。米苏又站下来，看着我。我潜意识里觉得，老杜啊，觉得我是不是诅咒他们诅咒得太多了，真把我妈给咒死了？我说你别乱想，傻瓜。我抱住她，在她嘴唇上轻轻一吻。嘴唇冰凉。

你会像我爸那样吗？她说。

什么意思？

变化。忽然就——

这不好说。他往好的方向改变，你该为他高兴。

人这辈子太奇怪了。

是。

很多时候，很多人很多事情，你根本解释不了。

是啊。

你也会变？

变什么？

无论什么，你会吗？

不会。

真的吗？

我快50了，丫头。

你会一直在乎我？

当然啦。

任何事情，不管碰到任何事情你都一如既往？

会的。我会的。

我相信你，老杜。

她笑了。上楼之前将那个重要的杂货店指给我看：离楼房最多五十米，门敞着，一个胖女人坐在柜台后面刷手机。我们进去，女人热情地起身迎接米苏，两人聊昆明、宁波和生意，话题最终转向老周。米苏说你现在住我家了吧？卫生间有你洗发水。女人笑了，满面通红。不承认也不否认。她笑起来挺好看的，五官莹润丰满。今晚我回自己家，她说，十点打烊。米苏抱了几样吃的用的，放柜台上，都是给老周挑的。我爸就麻烦你啦。放心吧放心吧。我爸难伺候，脾气大。没有啊，他非常好，善良，老实，胆小。米苏笑了，掏出手机结账，女人坚决不收。两人推推拉拉，我忙说，算了算了，阿姨的一点心意。这时候女人才认真打量我，笑容松下来，并不接话，似乎反感我这个老家伙居然叫她阿姨。我们上楼的时候米苏说，早知道她对你这种态度，我就给她穿小鞋啦，这钱非收不可。上楼进门，老周说他洗漱过了。他看了一会儿电视就去了卧室。我和米苏各自洗了热水澡。米苏帮我把书房收拾出来，被褥铺得极厚。我知道毕竟是她的家，老周嘴上不说，我哪能钻她的卧室？事实上书房提前铺过了，看来我们下楼溜达的时候甚至之前老周已经把工作做在前面。我们接了一个深长的吻，在书房门前道别。她故意提高嗓门说话，说她明早会叫我起床的，好好睡一觉。我大声回答，好的，没问题。晚安。

迟迟无法入睡。黄酒后劲太大。我脑子晕乎乎的，太阳穴怦怦直跳。大约十二点，忽然有人敲门，我压低声音：米苏？

我，老周。

我穿好衣服来到客厅，他开了一盏落地台灯，光线昏暗。他问我喝茶？我说水吧，我渴。茶不能再喝了。他说黄酒喝高了须用碧螺春解，不信你试试，再就是云南普洱，我这儿有。他一面说一面真给我沏了一杯普洱熟茶。我们相对而坐。他看起来严肃，刻板，憔悴。是的，认真打量这个男人你会发现他看起来比他实际年龄大很多，我无法想象也许他和我一样热衷齐秦、熊天平或魔岩三杰。我看着他，充满不祥预感。果然，他直奔主题。

你真觉得你和米苏合适？

我没吭声。

她才19。不对，下个月，1月7号才满19。你确定你是认真的？

是，我们是认真的。

你们的事情她跟我聊过一些。你刚辞职？

对。

什么打算？

过了春节再说吧。

恕我直言，以你我的年龄，机会不多了吧？

……未必。我是媒体出身，之前负责新媒体部。新媒体现在发展极快，很多地方很多企业都有新媒体部，也许——

这把年纪哪还有什么也许。而且，你也不在体制内。

我的意思是，我不会不管米苏，我会管到底，我会认认真真对她。

老周忽然笑了，在灯光下面稍显苍老狞厉。

行啦，都这把年纪了，说这些话。什么叫管到底？什么叫认认真真？他微微叹气，喝一口茶。我那套房子是专门留给她的，专等她大学毕业了回来，回宁波。工作我可以提前帮她找好。我不想让她留昆明。

老周，你不相信我？

我相信你还是相信我自己？再说她是我闺女，我了解她。你们实在不合适。这不是我相信你不相信你的问题，是人性，是我们都要面对的东西：你怎么可能管她一辈子，你哪来的把握确定你的管，你的关心，不是害她一辈子？她才大二，让她退学了跟你走？往哪走？浪迹天涯？你工作都丢了，恕我直言，你怎么像个17岁孩子一样意气用事呢？你还以为遍地机会等着你，想干吗干吗什么也不在乎？钱啦位子啦什么都不在乎？你要真这么想，你就适合一个人单过。否则，我怎么可能相信你管得了她？我觉得吧，你们纯属头脑发热。一个马上五十的男人干出了不该干也不能干的最傻的事情，你把你自己毁了，现在想连带把她也毁了。她好不容易考上大学，眼看着就要毁在你手里。我不会答应的，我这个当爹的，不会答应。

你千万千万别这么说，我——

你说再多也没用。以你我的年纪，应该白天拼事业晚上管妻小，而不是跟一个刚上大二的毛孩子瞎胡闹。说真的，他冷冷看着我，苦笑，我都为你丢脸。

我一声不吭。

你们的事情她多多少少说过。你真不觉得你在你工作的地方把一个小屁孩撂倒了是多丢脸的事情啊？不觉得吗？

我仍不说话，喝一口茶。

你脸上的伤，他抬手指了指自己的脸，也是

他们——

我轻轻点头。

哎，你说服不了我。你改变不了我的看法。我是她父亲，是她亲爸。你没孩子对吧？

我摇头。

所以，你没法体会一个父亲的感受。你不知道我也在为你们分担这份羞耻。真的。我根本不相信你们的未来。你们不可能有未来。你以为你是谁？你离经叛道还得搭上我女儿的青春？我是她父亲，不想看你们出乖露丑。

出乖露丑？老周，你觉得我们——

她就是孩子啊。抱歉，干出那么多出格的事情之后，你在我眼里，还不如一个孩子。

我差点笑出来。

你一定觉得我这个老不死的满嘴废话，对吧？能不能告诉我，你和你前妻，怎么离的？

这是我的隐私。

好吧。所以我不认为你值得信任。我更不相信失败的婚姻能让一个男人成熟这种鬼话。不，我觉得你是因为寂寞无聊身边缺少女人，忽然碰上了我这个缺心眼的女儿。她历来出格，所以——

你太武断了老周。

不是我武断，是我知道我们这把年纪的老不死的到底想些什么。要么不着边际，要么一塌糊涂。我请求你，杜先生，不要破坏一个父亲为女儿安排好的还算安全的人生吧。好吗？我妻子没了，好不容易和女儿关系缓和，要是连她也保不住——

你自私。

我不想放任她再干出傻事来，更不允许任何人毁掉她的人生。

我盯着老周，他也盯着我。

你们的关系，真缓和了？

不管真的假的，她是我亲闺女，我亲生的。

她说你跟楼下老板娘好了？

那是我的隐私。

她要是不同意呢？

她同意了。举双手同意。

你看，老周，她理解你，原谅你，你为什

么就——

听我一句劝吧，老杜，她妈妈走的时候最不放心的就是她，一再说——

行啦，爸。米苏出现在灯光中，出现在客厅门前。穿雪白睡衣，头发稍有点乱。你们睡觉吧，都回去睡吧。

没人吭声。

你听好了，我回昆明就跟这个人去法国。

老周摆了摆手，满脸倦怠。

早知道我就不回来了。米苏说。

去法国怎么啦，去了就不回来了？照样回来，照样乖乖滚回来。

回来也不回宁波。

行啦，米苏，行啦。他拍拍膝盖，站起身。

你少拿我妈说事，好吗？再说，我从没答应过你任何东西。我自己的事情，我自己操心。行吗？

行，行。他走向卧室。随你便，我随你便。

又想拽我头发了是吧？我剪短啦，你没

发现？

他回头看了她一眼，眼神哀伤绝望。我忽然对这个家伙，我差不多的同龄人感到莫名哀伤。我久久不能从沙发里站起来。

我们坐着，米苏枕在我腿上。大约两点，我们回屋睡觉。这一次，她执意钻到我的小床上来，将我抱得紧紧的。

18

次日一早，老周说他有事出去一趟，我们自便。我们不再看着彼此。我告诉他我们下午三点的飞机。他看看米苏，想说什么，终究什么也没说，转身出去了。我们十点出发。楼下杂货店关着门。去机场之前我告诉米苏，我想去她家附近绕绕，方便吗？她想了想，说，行。于是让网约车司机绕一段路。我们没下车。我也没打算下去。我纯然出于好奇。我似乎想确定她当年出事的地方，这样一来，我们之间就再也没有芥蒂了。我们探头张望。街道平淡无奇，四四方方六层高楼，楼下有参差不齐的行道树。她两眼紧盯着几棵掉光叶子的梧桐。它们从围墙里探出墙头。寒风猛烈摇晃枝丫。我吩咐司机走吧，去机场。米苏仍牢牢盯着后视镜内快速后撤的街道。几棵光秃秃的梧桐一闪，消失了。米苏紧紧抓住我的手。

19

昆明还有事要办，还有签证要等。在此期间，我不清楚我是否受了米苏或老周影响，我试着给刘盐打过电话，似乎期待某种程度的和解，她与自己的和解，倒不必与我和解。我觉得我有必要对身边的人或事渐渐宽容。而以往，我为集团新媒体部殚精竭虑的几年间，我才不在乎这些。或者说，不真正在乎。在等候旅行社通知的空档期，我回了一趟家，取了几件保暖衣裤、羽绒服，又接到一个电话，让我去一趟当年文旅集团领导的家。我去了，他体重严重超标的胖侄女告诉我，叔叔被抓了，罪名很简单，约二十万元现款说不清出处。她哭得浑身颤动，怎么可能说不清出处呢？明明有借条，明明是民间借贷，怎么就扣上罪名了？我尽量安慰她，问她我能帮上什么忙，实际上什么忙也帮不了，她说她知道当初我们遭到集团上上下下排挤打压全是因为叔叔——他得罪了一把手，集团董事长，我作为叔叔的亲信之一必受连累。所以，我挨的调查啦举报啦都是董事长幕后主使的，这一次，叔叔出事自然也少不了这位董事长作祟。他四处搜罗罪证，必欲除之而后快。最终，他的目的达到了。叔叔难逃一劫，她之所以联系上我，是转达叔叔的心愿：也许两个月后开庭，希望我出庭旁听。行吗？我答应了，说届时一定到，放心吧。

还有一件小事值得一说：何总突然来电，约我吃个饭或喝个茶，我以身体不适婉拒。

王重没来电话。我暂时不想见他。

旅行社电话来了，签证搞定。这意味着我们

随时可以走。机票是三天后的，凌晨一点，昆明直飞巴黎。我取了一笔钱并完成兑换。回到米苏住处，她为我做了好吃的：黄焖鸡、香菇炒肉、豆尖汤和素炒玉米。我们喝了红酒，再听《一个人流浪》时多了某种感慨——我们即将前往法国了，即将展开一次短期流浪。熊天平自然是揣着爱情出发的。失败的爱情。而我和米苏恰好相反，我们将带着确切的爱出发，我们是严格意义上的一对，就算我马上五十了，米苏十九。不对，按老周的说法，他女儿才十八。悬殊的年龄差让此行颇具迷幻感，尤其在她偷偷做了手术之后。我久久抱着她，沉浸在她清甜的发香中。我问她手术当天的情况——直到此时我才有勇气问她，面对这桩让我无法面对的事情。她说得很简单：是正规医院，拿号，等待，然后手术。她印象深刻的不是某种东西消失了，也不是消失之前的恐惧或消失之后的麻木。不，没有恐惧也没有麻木，基本上毫无感觉。唯一记得的，唯一不可思议的让她害怕的是麻醉之前医生说你睡一觉就好，马上就好，不用担心。进去后她打了点滴，很快睡过去了。

话题回到老周身上。她也不明白为什么爸爸态度如此坚决，如此生硬。她想不通的是，如果他从一开始就反对，他又何必盼着他们回去一趟？

当面警告我？我说。

不至于吧。

他还对你说什么了？

没说什么，我爸哪还有机会单独跟我说什么。

你怎么想？

不用想。退了学跟你厮混？我才不呐。考上大学多不容易啊。

是啊，从法国回来就回学校。

我实习还没结束呢。再找个地方实习？

对，再找个地方实习。

不着急。有老杜罩着我再也不着急啦。

你爸会影响你吗？影响你和我？

你说呢？

让你回宁波呢？

还早呢，老杜，还早得很。不想这些好吗？我们可以想想法国，想想阿维尼翁，不再想我爸那个烦人的老家伙，好吗？

好。听你的。

我还是禁不住要想。他们这一代人，00后包括90后们也许对当下、对眼前考虑得无限多，对过去和将来却全不在乎。我本以为她会在乎，可她终究是个孩子。那就不想吧。

她很快做好南法攻略，计划从巴黎里昂火车站坐火车前往尼姆，再搭大巴去阿维尼翁。这样我们就能在火车上欣赏沿途风光了。

知道尼姆吗？

我摇头。

法国南部小城，当年在古罗马统治下，遗迹颇多，景色优美。她读着网络上的介绍，又说，尼姆所在的大区就是著名的普罗旺斯，我们还可以去梵高自杀的阿尔勒看看，塞尚当年隐居的尼斯小城也不远。

然后是阿维尼翁。

对，然后是阿维尼翁。你不觉得这个名字很美吗？阿–维–尼–翁，阿–维–尼–翁——

好啦，我们后天就去阿维尼翁了。

谢谢你，老杜。

不用谢。

当然要谢。

她看着我。我想无论老周还是何总还是石冲或是王重，任何人，都无法阻止我们继续下去。谁也阻止不了。我想起那部著名的《爱在……时》三部曲，两个年轻人在火车上一见钟情，兜兜转转结婚生子步入中年，前两部浪漫极了，第三部相当深刻：他们前往希腊，本打算共度良宵，等待他们的却是中年人的一地鸡毛，终以一场吵闹结束。九年一部的克林伍德电影拍出了极高水准，自然又动人。是啊，奥地利，巴黎，希腊。不知多少人因为看了三部曲爱上这些地方。它们是诱惑我们前往巴黎的原因又算不上真正的原因。就这一点，我和米苏的看法相似：电影毕竟是电影，就算无限还原生活毕竟不是生活，我们才是活生生的生活，我们拳打脚踢我们丢了工作我们挺到现在，那些丧失的东西似乎让我们意识到，我们不可能丧失对方了。这种感觉，这种活生生的感觉远比三部电影带来的冲击更真实更直接。我们紧紧拥抱，接吻。我们就要去往一个陌生遥远的国度重新认识彼此了。真好。阿维尼翁，百度上说它美丽古朴宁静迷人，我想，我们的选择，总是对的。

20

攻略无法囊括细节。我提前联系上远在法国南部的某朋友的熟人，他介绍了一个生活在尼姆的老友，说可以接车，还可以带我们前往阿维尼翁，自然，是要付费的，但相比当地华人导游还是便宜不少。我联系上对方，没想到是个女声，她在电话里说，叫她秦姐就行。她到法国近三十年，一直待在尼姆。任何需要，都可以告诉我。她说，放心吧，头两天可以免费住我家，我给你们接风。

后面几天，我为你们安排路线，开车带你们过去，如何？我高兴坏了，很快商定了价格，比我的预算还要便宜两三百欧。之后她又主动帮我们预订了巴黎至尼姆的火车票。出发那天我们心情大好，也许是最近半个月来最好的一天。深夜过了海关，凌晨在候机厅熬夜候机，兴奋地瞧着众多喷满香水的老外，奇怪昆明哪来那么多说法语的家伙，哪来那么多需要回家的人。飞机上睡得很差，你很难在国际航班上睡一个好觉。十一个小时后，飞机降落巴黎戴高乐机场。天还黑着，凌晨五点的巴黎是一片灯火的汪洋。漫长的通关一点点耗光体能与耐心，最终与一波不知道哪里冒出来的人涌出海关。3号出口有咖啡店，我们进去，买了热咖啡和刚刚烤出来的香喷喷的羊角面包，这才缓过点劲儿来。外面，天空一点点亮起，巴黎一角出现在烟灰色的视野之上。阳光刺透薄雾，我们在寒风中冻得发抖，终于排队上了的士。一个小时后抵达里昂火车站，天空完全打开了，湛蓝清澈，和昆明初冬某个时段的蓝天极其相似。空气中到处是诱人的咖啡和烤面包的香气。火车站很大，造型如远古现代结合的巨轮，在太阳下闪闪发亮。各种肤色人等进进出出，箱子在方形石块铺设的地面上碾过的声音清脆透明。进站台，在电视屏幕上寻找车次，不时用英语向身边男人女人打听……还好，一切顺利，我大学时代的六级英语终究派上用场了，米苏自从上了飞机以来一直小鸟依人，一切听我安排。这种感觉真好。

上车后秦姐电话来了，问我们一切顺利吗？顺利。我告诉她。那三小时后见啦，她说，我在尼姆站恭候。

之前在飞机上几乎没睡，眼下还是睡不着。我想熬到夜晚，睡一觉即可调整时差。很快又饿了，我们去餐车买了汉堡。吃完后返回车厢，座位几乎坐满，车内很安静，无人喧哗，两个中年女人掏出书来阅读，另有一个男子在报纸上做着填字游戏。三小时内除了火车前进的低沉的嗡嗡声和每次到站时一个优雅的女子报站声外，再无别的声音。辽阔的原野在窗外延绵，葱茏的绿有童话的质地。有时出现牛群，之后是橘红色屋顶连缀的古老乡村，阳光在车窗上闪耀，划出道道彩虹。那些零星的村落在你尚未看清就飞逝了，然后又一片森林涌出来，又一座村庄出现，每一座村庄可见教堂及其高处的十字架。蒙彼利埃站过后，尼姆到了。看书的中年女子起身，走到车厢接头处，从行李架上卸下箱子。我们的箱子也在那里。我们尾随她下车，她回头对我们友好地微笑，冲米苏眨了眨眼，似乎我们的关系明摆着，在法国人眼中不值得大惊小怪。我诧异难道我们就不像父女？也许真不像，没有丝毫相像，我和米苏的亲密状是所有父女尤其中国父女间不可能出现的。尼姆小站古朴动人，一道金色拱门将内外隔开，门楣上有圆形大钟，时间指向下午三点一刻。空气清新，并不冷，与巴黎的湿冷有天渊之别。总的来说算得上暖和了。毕竟是南方，唯一的法国南方。长而窄的站台上，一个穿紫色长裙、外套一件黑色貂皮背心的女人朝我大步走来，我注意到她脚上居然穿一双绣花布鞋。瘦瘦的，个子不高，很精神，皮肤莹白，短发也只比米苏的稍长一点，年轻时应该很漂亮。她冲我们张开双臂，嘿，杜上，米苏，一定是你们！我笑着回答，你好，秦姐。她拥抱了我们，马上用娴熟的昆明话跟我聊天，从我手里接过行李箱。我惊呆了，你是昆明人？是啊，老马没告诉你？没有，他没说，他只说你是他朋友。她说，她是最早移居法国的昆明人之一，全尼姆也只有她一个老昆明。她每两年回昆明一趟，看望八十高龄的老母。我们随她出站，站内咖啡厅浓香扑鼻。她让我们稍等，她去取车。附近有古老的白黄色城墙和窄窄的柏油街道。人不多，车也不多。几分钟后，她的银色两厢雪铁龙开了过来。

上车后她不再说昆明话，显然是照顾浙江人米苏。实际上米苏的确对昆明话了解有限，充其量能听懂一半吧。秦姐说她1994年就到了法国，第一站巴黎，工作三年后来到尼姆。她非常喜欢尼姆，不过，她住的地方远比尼姆舒服。我问她是哪里，她说，蒂日涅，很小的小镇，听说过吗？我摇头。米苏更是一脸茫然。在中年人组成的临时世界中，她往往会真实地袒露她的孩子气。天空蓝得惊人，秦姐说最近天气好得不得了，就像专门为迎接你们，哈哈。如果没有米斯凯尔风，尼姆的冬天就不算冷。米苏问她什么是米斯凯尔风，她说是以某艺术家命名的，说白了就是强烈的北风。天气预报上说，也许后天，最迟大后天就有米斯凯尔风，届时我们就待在屋里吧。一路上仍是辽阔的原野，道路也多狭窄，她娴熟地应对接二连三的弯道。一个小时后，进入一座古老的白色小镇，远远看见小教堂的十字尖顶，她说，教堂下面不远，就是她的家。蒂日涅小镇安静极了，一路上无车也无人。每幢房子都很漂亮，石砌的墙面多为白色，也有金色和蓝色。雪铁龙驶入一条更窄的柏油路，很快抵达一座小庄园的大门前，秦姐下车按了密码，大门敞开，一个不下两亩的院子迎面而来，院中有高大密匝的松林，林下有长椅和池塘，松林后面矗立着一幢双层白色大宅。车在门前停住，我们卸下行李。别墅大门也是圆形的。天色暗得极快，刚才闪烁的金色光线消散了，现在是金黄和金红。门里走出一个光头男人，年纪看起来比我略小吧，抬手冲我们热情地打招呼，来啦?

陈鹏，作家，哈哈，当然也是咱们中国人。秦姐热情介绍着，这位陈作家殷勤地笑着，帮我和米苏提拎箱子，带我们走进别墅。房间宽阔，大大的起居室，木地板上铺着地毯，居中有钢琴，四周墙上挂满大大小小带剪刀状图形的油画和剪纸作品。我惊讶极了：全是相似的甚至一模一样的剪刀。艺术家一辈子有意为之的符号。是的，就是符号，陈鹏像主人一般向我们介绍着，转身看着秦姐，还是你说吧，我怕我说不清楚。秦姐放下手里东西走过来，一一指着高处的油画、水彩画和剪纸，说这幢房子的主人、她的法国父亲当年是法国南部著名的艺术家，这些全是他的作品，剪刀正是他的重要标识，他做了各种各样的变形，丙烯，雕塑，拼贴……他喜欢用红色和蓝色，看出来了?我和米苏仰着脖子，啧啧赞叹。秦姐说她的法国父亲生前酷爱蒂日涅，酷爱这所房子，弥留之际拽着她的手，将房子留给她，条件是务必保留屋内格局，丝毫不可改动。秦姐自然答应。但房子太大了，她继承之后上了一大笔吓人的遗产税。我问多少数目，她闭口不答，陈鹏悄声提醒我说她现在也是法国人啦，早就入了法国籍，所以，一切得按法国人的方式来，千万别打听隐私。我赶紧点头。秦姐招呼我们到外面院子里小坐，她和陈鹏动手为我们做晚餐——实际上陈鹏已准备得七七八八了，就等她下厨了。我们坐在暮色掩映的院落中，松林黢黑，上有落日余晖，深湛的蓝与金红混杂缠裹的感觉酷似波洛克滴彩，空气透亮，松针丝丝直立，我感到某种古老又神圣的气息从天而降，与不远处教堂的十字尖顶合二为一。米苏猜测陈鹏和秦姐的关系，我说你没看出来秦姐明显比他大吗？米苏冲我眨眨眼，说我不也比你小很多吗？我们坐着，看着天空，看着远处，呼吸法国南部纯净的空气，感受到万物突然静默的庄重和诗意。

来，先喝杯酒。陈鹏手里举着酒瓶和杯子出来，瓶塞已经打开，他为我们斟上。我们碰了杯。

你来多久了？

十天吧。

你们很熟？

算是。陈鹏在暮色中笑了，露出不太整齐的牙。

你也在法国待很久了？米苏问他。

陈鹏摸了摸光头，说的确不短了，半年吧。他飞过来，是想找个地方写长篇。

啊，我非常非常羡慕作家。真的。我说。我看了不少名著，不少文学作品，但是，我写不出来，我从前干记者，最多也就写一写新闻啦、公众号文章啦之类。

一样的，我们其实干着一样的活儿。区别在于，我们热衷虚构，你们专注现实。他笑着举杯敬我。

你写什么题材？

小说。中篇，短篇，长篇。都写。

我指的是，你关注的领域。

啊，这个嘛，解释起来有点费劲。他继续微笑。我感觉到他的笑容背后有某种拒人千里的傲慢。这也许是作家们身上常有的东西？

你说说呗，米苏一手托着下巴，在昏暗中仰脸看他，目光晶莹透亮。是的，我们都为身边忽然冒出一个作家感到惊讶。

城市题材吧。大多是，大多是带有先锋性质的小说。先锋派，你们听说过吗？先锋作家大多不愿意恪守传统套路，喜欢做新的探索，比如形式上的，向内的，观念的，各种各样的尝试其实都是对陈旧叙事格局也就是小说秩序的挑战。是对传统的既定世界发起冲击。我们认为，我们的写作如果还坚持和沿用十八十九世纪的路子，小说基本上是没有前途的——

你的意思是，托尔斯泰啦，陀思妥耶夫斯基啦，过时了吗？米苏说。

呀呵！陈鹏显然有些吃惊，扭头盯着米苏。你看过老托和老陀？喜欢吗？

看过托尔斯泰的《安娜·卡列尼娜》，陀思妥耶夫斯基的《罪与罚》。很喜欢。

哈哈，他们当然是最棒的，也是最先锋的。但是他们已经缔造了传统小说的巅峰，我们不可能再沿用他们了，只能独辟蹊径，只能干他们还没干过的。

为什么呢？为什么不能沿用呢？

因为，陈鹏尴尬地笑了，因为你没办法写成他们那样啊，也就是说，你往死里写也不可能写得比他们更好。你连写到他们一半都不太可能。所以——

那你的独辟蹊径又有什么意义呢？既然你根本写不过他们，独辟蹊径，岂不是更写不过他们？

陈鹏窘迫地摇摇头，又点点头，使劲喝一大口味道上佳的法国红酒，咂了咂嘴，说，我的意思是，既然你干不过他们，怎么也干不过他们，不如调转方向，重新找到自己的道路往下走。当然啦，这条路必然是完全不同的。时代不一样了，人也不太一样了，世界发生了巨变，你只能用新的方法处理新的经验。就好像，就好像，你是个木匠，既然你没办法再造一座老房子老教堂，那不如就去建造新的小房子小楼房。对吧？

那就是找到适合的方式罢了，怎么就是先锋

派呢？怎么做到与众不同呢？你和其他人，不也面临相似的困境吗？你怎么做到和你同时代的人不一样呢？

陈鹏更窘了。我示意米苏不必穷追不放，毕竟艺术创作哪来那么多理性分析，又不是造飞机大炮，小说写作必然和我们公众号写作颇多相似之处：文无定法，写的过程中才可能意识到相似和不同。你没办法要求自己做得好或不好，一样或不一样，尽管，你总希望做得不一样。陈鹏对我的观点表示赞同，但立即补充了他的看法：小说毕竟是艺术，和公众号写作还是很不一样的。公众号是要让更多人看懂，小说嘛，和所有艺术门类一样，首要问题是艺术家的自我表达，不必考虑受众。

可是，如果小说家不考虑受众，不考虑读者，岂不是，自绝于人民？米苏大声说。最后那句“人民”把我和陈鹏逗笑了。

不要笑嘛，请你回答，我想不明白。

陈鹏摸了摸光头。此时寒气从薄暮笼罩的松林间渗出来，明显让人感觉到冷了。我想待他回答完这个问题就挪回房子里去。我猜测起居室内那张宽大的白木桌就是今晚的餐桌，秦姐在上面铺了一块巨大的蓝色桌布。

哦，这个问题嘛。我还没请教二位高姓大名。

我叫米苏，他叫杜上。

对对对，秦姐说过了刚才，你看我，转身就忘了。

我特别想知道这个问题的答案，作家，你们这些先锋作家，真的完全不考虑读者的感受吗?

陈鹏清了清嗓子，表情严肃起来。他看了看松林，又看了看米苏。

是的，完全不考虑。我想，不单单是先锋作家不考虑读者，任何一个严肃的优秀的作家也不会考虑什么读者。他只会考虑自己。他必须首先满足自己。而且，我个人认为，你只有先满足自己才可能写出优秀作品，否则你什么也不是，一个太照顾读者感受的写作者是没出息的。这一类型作家的杰出代表就是乔伊斯，你看，他的《尤利西斯》根本不考虑什么读者，更不考虑什么编辑，甚至连出版和发表也不考虑，他考虑的仅仅是他自己，是否完成了想完成的作品，是否达到了他对自我的要求，是否实现了我们刚才说的独辟蹊径。最终，因为他的不管不顾，决不讨好，反而赢得了读者。《尤利西斯》还没出版就成了现象级的先锋大作，就已经沸沸扬扬名满天下了。

可是，全世界，也只有这一本《尤利西斯》啊。

没错，它鼓舞着无数后来者要为自己写作，要忠实于自己。至于读者嘛，作品自会选择的，作家无能为力。

我有点懵了。米苏说。如果不考虑读者的写作，有什么意义呢？如果人人只在乎抒发自己的感受啦，心情啦，想法啦，岂不是很自私？那干脆写日记啊，又何必发表呢？

和日记还是不一样的，作家考虑自己只是一种相对状态，更深入的感受应该是，他在遵循内心诉求的同时对人的存在也有深刻感受，这种感受，必然会引起广泛的共鸣，这种共鸣，也只能是遵从个人内心才可能实现，绝不能妥协，否则它就成了人人皆知的东西，那将毫无意义。先锋派的任务就是先行者，是排头兵，是引领大众往前走的人。

我大概明白你的意思啦。反正，你们先锋派就是自以为能代表大众的那帮人呗。

你这么看，也对。

你一直写这种看不懂的东西？

那也未必。

那岂不是不先锋啦？

先锋的品格和精神未必拒绝故事性。注意是故事性，不是故事。小说不是只有故事。它囊括了故事。

抱歉，我又不明白啦。

陈鹏一饮而尽。哈哈，很正常，三言两语是说不清楚的，有时间咱们可以多聊。

好啊。

恕我冒昧，我想知道你多大啦？

你猜。

十三？

哈哈哈，那么小的孩子还读不了陀思妥耶夫斯基吧？

哈哈。那二位是？

我是他学生。米苏俏皮地眨眨眼。

我没吭声。她如此解释多少让我不快。我知道她是故意的，她也明显知道陈鹏是知道我们关系的。他故意这么问，她就故意这么说。

哈哈，你们就挺先锋的。陈鹏笑了。

我没吭声。

你写了多少本书啦？

好几本。

什么名字？我回国就找来拜读。

哈哈，不重要。一部也没出版过。全部待在我的电脑里。

我们大笑。

秦姐招呼吃饭。陈鹏带着酒回到起居室。屋里暖气很足，非常暖和。那张宽大的桌子果然布置起来，菜品丰盛，有培根、沙拉、鹅肝酱、熏鱼，另有一盘让我们目瞪口呆的米线。她说附近就有米线出售，她经常在家里做出高质量的小锅米线或过桥米线。她很感激昆明米线之简单易做，让她在异国他乡也能随时找到故乡的亲切。这盘米线搭配法式大餐的口感特殊而奢侈，我们不断碰杯，秦姐又开了一瓶南部酒庄红酒，味道甘洌。席间她不断地介绍和表扬陈鹏及其小说，称此人毅然从某杂志社辞职，变成了一个远赴法国的纯粹的写作者，一点儿也不考虑未来。不过，以他刚四十的年纪，的确还不必考虑什么未来。陈鹏一直保持谦逊的微笑，对秦姐的褒奖不置一词。来吧，我们祝他早日写出比肩《尤利西斯》的大作，对，第二部《尤利西斯》。陈鹏面红耳赤，我猜是酒精作用，毕竟他和我在院子里已经喝了不少。不不，他纠正秦姐说，我只写属于我自己的小说，不必成为第二部《尤利西斯》，不必成为任何人，我跟我自己比就够了。我觉得吧，总之，我觉得我一直走在正确的文学之路上。我相信我会写出自己的巨作的，也许就是这一部，在秦姐家里开了头的这一部，名字和内容我暂且保密，希望三年之后，我们还能在这所著名的大房子里，一起探讨这部牛烘烘的传世之作。

我们举杯，祝愿他早日得偿所愿。秦姐介绍我和米苏时略显闪烁。她毕竟是中国出来的，毕竟也曾经生活在昆明，也许她本人还无法百分之百接受我和米苏的关系——太悬殊了。也好，我们被略过了。她开始介绍自己，介绍这座大宅曾经是法国著名作家、新小说派四大旗手之一的米歇尔·布托生前最重要的活动地点，也就是说，他和她的法国父亲交往甚笃，是几十年老友，这所房子三十年来一直是尼姆乃至整个南法最活跃影响力最大的艺术沙龙之一，一个是现代派旗手，一个是新小说悍将，他们相知多年，身边聚集着一大批文学艺术界人士，年迈者不少，年轻人也挺多，这座房子见证了几十年间一批又一批杰出艺术家作家的崛起、陨落和消失。但无论时间怎么变化，米歇尔·布托与法国父亲的关系从未改变。法国父亲有几次生病，米歇尔·布托就从尼斯小城专程跑来下榻守候，每天好几个钟头长守在病床前，为他朗诵新创作的诗歌；米歇尔·布托婚变的时候也是法国父亲整日整夜陪着他，及时打消了他自杀的念头，陪他前往阿维尼翁的泉水小镇散心，观看当地俱乐部的足球赛。他们是真正的患难之交。同性恋？当然不是，秦姐笑了，他们热爱女性，尤其金发美女，米歇尔·布托娶了两任妻子，而法国父亲对法国母亲玛丽琳终生不渝，她就是他的完美女神：性格贤淑，身材苗条，品位极高；一头浓密的金发，皮肤透明雪白；五十余年来她是他生命的火光，忠实地毫无怨言地熊熊燃烧；他为他们的爱情感到满足，对妻子的欣赏、体谅和怜惜也让婚姻坚不可摧。晚年，两人的关系像南法的石头房子一样牢靠，不论去哪里，就算去镇上的小面包店买几只羊角面包、去邮局寄一封信也出双入对；如果远行，通常是法国母亲开车，法国父亲就在副座上小睡，打着呼噜，直到忽然惊醒，看一眼窗外，问妻子，到哪儿了？她呢，车速平稳，技术一流。她的主要任务就是让丈夫在副驾上踏踏实实睡一觉。秦姐曾经问他，妈妈年纪大了，开车是否风险太大，法国父亲笑了，说万一发生意外，两人同时发生意外难道不是我们的福分？难道不是上帝的眷顾？暗地里秦姐还是担心：一方出事，另一方怎么办。法国父亲说，万一出事他或她都不会舍下对方的。幸运的是始终没什么意外，秦姐说，直到法国母亲因病先于父亲去世，半年后，父亲郁郁而终……

长长的沉默。暖气片发出低微的嗡嗡声。整座大宅散发着亲切温暖的气息。这种感觉相当棒。

法国父亲叫什么？

皮埃尔。

米歇尔·布托还活着？

不，先于法国父亲去世了。就在法国母亲去世后不久，差不多前后脚。他的去世和我母亲的去世，对皮埃尔而言，是沉痛的打击。

我喝了半杯红酒，思忖我和王重之间究竟错失了什么。我知道我们无法抵达皮埃尔和米歇尔·布托的高度。永远抵达不了。

有一件事情我没弄明白。始终没弄明白。秦姐说。

什么？

一年夏天，他们三人一起去了阿维尼翁，小住一个礼拜，回来后父亲大病一场，母亲不离左右。米歇尔·布托头一天看过父亲后第二天就回去了。不是回家，是返回了阿维尼翁。为什么？以他们的友情他怎么可能在父亲重病的时候调头就走？更何况，刚刚从那里回来，干吗还要去？

然后呢？

他一去十多天，半月后回到尼姆。又过了十多天吧，他再次登门探望父亲。父亲病好了。他们俩就像没事人一样，再也不提阿维尼翁。就像那十天半个月根本不存在，就像三人刚刚从阿维尼翁返回蒂日涅。太奇怪了。母亲对我三缄其口。父亲同样，对阿维尼翁绝口不提。

到底发生了什么？

秦姐摇头，微笑。不知道。没法知道。法国人要是不想告诉你什么你就没办法让他开口，尤其法国南方人。我能做的就是，沉默。反正父亲已经痊愈。再说，他们执意不告诉你的事情你没有必要问个究竟。

对，秦姐你做得对。每个人都有秘密。不可侵犯他人的秘密。陈鹏说。

秦姐没吱声。

我们喝了不少波尔多红酒。菜也吃得干干净净，米线一根不剩全吃了。陈鹏赞不绝口，说生活在昆明是天大的福分，我们干吗要溜达出来？我说昆明虽好，偶尔还是应该远离。米苏问她，秦姐你是怎么来法国的？她说，当年，90年代初她就铁了心要出国，自学法语终于拿到签证，乘长途火车穿越俄罗斯、东欧大地抵达法国，下了车，她傻眼了，行李全丢了——天知道什么时候在哪个国家哪个站台丢的，万幸的是她将仅有的一千五百美元缝在内衣里，都在，一分不少。抵达巴黎后找个小房子暂且住下，很快找到工作。所幸，她的能力几乎无人可以替代，这也是她顺利拿到工作签证的原因——古建筑修复。她在卢浮宫、万神殿都干过，收入不菲，之后，非常偶然的机会结识了法国父母皮埃尔和玛丽琳，随之南下，在阿维尼翁安家，再之后，南法就很难再找到古建筑修复的工作了，索性辞职，在当地教孩子中文，再之后继承了这座大宅，所有积蓄差不多全交了遗产税。

秦姐没结婚？米苏说。

她摇头。

我觉得婚姻对我不太合适。也许我这个人没什么责任感，就喜欢东跑西跑。

那干吗又决定待在蒂日涅？

缘分吧。我和法国父母的缘分。

也是责任？

算是吧。人终究要停下来。在某个地方，停下来。

沉默背后是一片干燥的寂静。外面无风，也无人声狗吠。连汽车马达也消失了。屋内温暖，明亮。皮埃尔的艺术品，那些变形或不变形的大剪刀满眼都是。

你不能再问了，陈鹏笑着对米苏说，再问你的小脑袋瓜是装不下的。

我不小啦。

他微笑，看看我，又看看米苏，目光并无深意。也许连探询的意思也没有。近于一种疲惫。

你们都累坏了，洗洗睡吧，明天一早就能倒过时差。秦姐起身，拍了拍手，招呼我们收拾餐桌。

21

的确累坏了，但因时差关系还无法入睡。我们在一楼靠近厨房的一间整洁的小屋大床上躺着，床单有薰衣草的香气。屋角有一只古老的实木衣柜。床下地毯上有布拖鞋。卫生间就在隔壁。房子真够大的，我想象当年皮埃尔和米歇尔·布托超过半个世纪的伟大友情，想象皮埃尔及其金发妻子幸福的一生。我告诉米苏，这两位艺术家的一生才是完美的一生：作品，爱情，友情，一样不缺，并且坐拥如此宏伟的宫殿般的大宅。

你羡慕秦姐吗？她说。

我想了想。

她自己的故事太少了。我无法判断——

她运气真好，继承了这么大的房子。

是啊，法国父母一定非常爱她。尤其皮埃尔。

他们之间——

不，不会的。不可能。不要低估人的善良和慷慨。

她为什么要讲那个故事？

什么故事？

那个插曲。

阿维尼翁的插曲？

对。三人去了阿维尼翁，多么平淡的故事啊，多么无趣的情节。可她为什么要讲？

那一定是不寻常的。

我也这么认为。

可是，半个月后，皮埃尔生病半个月后，一切恢复如常。

是啊。要么两人在阿维尼翁大吵一架，

要么——

哦，这种事情，实在无法想象。

我让她快睡，她说睡不着。又问我这时候昆明几点？我看了看表，法国时间晚上十点一刻，昆明，应该凌晨五点啦，也是不折不扣的睡觉时间，可就是睡不着。兴奋所致吧。

你怎么看陈鹏，那个写小说的家伙？我说。

就那样呗。

他老盯着你。

不会的，老杜。他是好奇。好奇你我的关系。

我们的关系有什么值得好奇？

是啊，就是。也许，这些所谓的先锋作家骨子里都是保守得要死的土老帽吧。我猜他从哪里赚了笔钱发了点财跑法国来啦，要当大作家。哪有那么简单呐，你说呢老杜？

不管他。我们歇两天就去阿维尼翁。

米苏紧紧抱住我。我们接吻。她嘴里还有浓浓的酒气。她今晚喝了不少。

你后悔吗，老杜？

后悔什么？

打了人，又被人打，还把工作丢了。

你错了米苏同学，是我炒了何总。是我主动炒了他。石冲那小子不该打吗？我最多算是正当防卫，捅破天去我也占理。

哈哈，我就喜欢你这个老家伙身上的倔劲儿。像驴一样倔。真不后悔吗？

后悔也来不及啦。我们在法国了。米苏同学，我们已经来到法国了。

沉重的倦意扑向我。本想问问她石冲他们几个杂碎到底怎么追她的，到底找她说了些什么，有哪些惊人之举，但我一头扎进梦乡。我知道她也睡着了，紧紧依偎在我怀里，整夜连一次翻身也没有。

22

早晨一场大雾。我起床的时候米苏、秦姐、陈鹏已经坐在院子里了。很冷，他们穿得严严实实，清新的空气和即将破雾而出的晨光让他们高高兴兴地坐在桌前喝着咖啡。我听见秦姐爽朗地笑着。陈鹏的笑声低沉嘶哑，米苏的笑声清澈干净。我洗漱后出去，他们招呼我坐下，木桌上有热腾腾的黑咖、牛奶和羊角面包，木椅子上铺了棉布垫子，坐上去一点也不冷。天空渐渐地高远辽阔，种种迹象表明将是一个了不起的好天。米苏为我倒了咖啡，秦姐将羊角面包递给我。陈鹏在吃干巴巴的法棍。掰开的声音又轻又脆。她问我今天什么安排，我说，悉听尊便。她说，今天不如就在蒂日涅走走看看，待一天，明天一早出发去阿维尼翁，如何？我说，都行。陈鹏建议，明天一起去一趟尼姆吧，不必着急去阿维尼翁，尼姆非常值得一看。米苏拍手说，好好好，没问题。陈鹏主动说明天的费用他全包了，我不必有任何顾虑。我看看秦姐，又看看米苏。秦姐举手赞同。太阳破云而出，光线洒在刚刚醒来的松林里，投下利剑般的影子。松树下出现三只肥大的品种不详的猫，秦姐呼唤着，它们拖着尾巴慢慢靠拢，桌下有猫粮和小碗，她倒入牛奶。三只猫吃得迅捷欢快。它们一个个膘肥体壮，毛发上沾着毛茸茸的苔藓和地衣。陈鹏抱起一只撸了一会儿。它们吃完牛奶就离开了，两只在院子里溜达，一只钻进大宅。秦姐带我们去后院，这里也很大，至少一亩有余，右侧一排小房子，她带我们进去，拽亮电灯。屋里一台巨大的形似恐龙骨架的黑色机器。你无法判断是什么机器，后来看到桌上和地上堆着纸张和杂志，才明白是印刷机。纸张厚而粗韧，让我想起丽江东巴纸。很多纸页上印有法文，似乎墨迹未干，其实已经是二十年前的东西了，桌上还有不少铅铸的活字块。秦姐说皮埃尔和米歇尔·布托就用这台机器、这些纸张印刷他们的小说、画作和诗歌，自己装帧，自己出售，自己珍藏——这就是法国作家艺术家的范儿，就是他们对待作品的态度，用虔诚的慢节奏和手工个性抵制千篇一律的流水线操作，用最古老的方式对抗电脑排版对人工痕迹的破坏，自然，也在对个性的消失说不。这种捍卫和坚持难能可贵。

不少散落的纸张还没装帧。装好的大多是手工线装或骑马钉的三十二开小册子。我想象两个伟大的艺术家在这里一通捣鼓，满头大汗，用古老严谨的方式为其伟大的友谊灌入铅一般的分量。

从后院还可进入大宅地下室。秦姐打开门，不太大的一层空间堆满杂志、册子、纸张。再没别的。

走进蒂日涅小镇的感觉很像在我幼年记忆中的老昆明郊区漫步。一切静止。一种人迹隔绝的静止。柏油马路很窄，半小时即可抵达镇中心，一幢接一幢的石砌房子挺拔漂亮，大多带一个或大或小的庭院。路边长满翠柏和松树。镇中心教堂关着门。我们在门前拍了照。教堂边有一座青铜塑像，秦姐也说不太清这位古老的十七世纪人士究竟是何方神圣。返回途中陈鹏和秦姐一直走在前面，故意将我们拉下一段距离。不久，绕过几幢密集的二层小楼之后，我们又并排而行了。秦姐为我们指点了一下方位，说找到镇中心，找到教堂，就能找到家。言罢自顾和陈鹏大步往前。我和米苏反向穿出镇中心，沿柏油路上一段斜坡往上走，想看看前方还有什么。事实上什么也没有。除了道路和房子，除了房子后面大片茂密的松林，什么也没有。我们微微出汗了。空气清爽，太阳闪闪发亮。大约两三公里后不得不往回走，蒂日涅太小，前方已经是延绵的山岭和峡谷。柏油路通向未知的远方，蜿蜒曲折地消失在几座挺拔的小山之间。返回途中米苏说了她对秦姐故事的猜测，我奇怪的并非她的天马行空，而是她为什么还没放下这个故事。

他们之间一定发生了什么。我早上问了秦姐，她什么也不说，还让我忘掉她说的。

你几点起的床?

六点多吧，我看你睡得死死的。我起来的时候天刚亮。

她让你忘掉，那就忘掉吧。

我觉得，他们三人的阿维尼翁之行没准捅破

了什么。

你的意思是？

米歇尔·布托爱上了秦姐的法国妈妈，也就是皮埃尔的妻子，玛丽琳。他向她表白了，于是——

嗯，有这种可能。

再就是，皮埃尔的妻子向米歇尔·布托表白了，所以——

也是可能性之一种。哈哈。

哈哈哈。她笑起来。不不，这不可能，太离谱了。

别乱想，法国是天主教国家，再说，两个伟大的艺术家应该有强烈的道德感。

你怎么知道他们有强烈的道德感？

直觉。

你的直觉未必对啊，老杜。法国人嘛，骨子里浪漫得要死。

要真那样，他们就很难朝夕相处了。皮埃尔也许就不会画他那些大剪刀了。

你这么看？

是，你小黄片看多啦，米苏同学。

哈哈哈。米苏乐不可支。她查了查谷歌，米歇尔·布托生于1926年，卒于2016年，皮埃尔的资料极少，最终，输入艺术家创作关键词：尼姆，法国南部，剪刀画与艺术家，才跳出了皮埃尔，1926–2017。两人居然同龄，只不过米歇尔走得稍早。玛丽琳一片空白，居然没有她的点滴资料。不，不对，我马上意识到秦姐的叙述中有漏洞，她说的是皮埃尔去世前几年， 2008年前后他们三人结伴去的阿维尼翁，怎么可能呢？那时候他们都太老了，哪还有余力出一趟远门？秦姐是撒了谎，还是记错了？

显然是记错了。何必撒谎？

好吧，回去吧。我说，应该亲口问问她。

途中我们钻进一处幽暗无人的密林深处待了很久，米苏靠在我肩头久久没有说话。松林中两只斑鸠钻进钻出，无声滑行到林中空地上，又扑棱棱飞到距此不到五米的树枝上，一点也不胆怯，歪着脑袋好奇地打量我们，似乎在辨认两个陌生人的国籍和身份。

回到大院，两人不见踪影。秦姐来信息说她开车去镇上买吃的了，陈鹏在家。我们坐在桌前，阳光强烈，不再有冬天的感觉。一点也不冷。酷似云南某处，一天之中也有四季，太阳出来的时候明显热起来。米苏累了，想回屋躺一会儿。我在院子里游荡，从前院去了后院，看了看古老的印刷机器，又去地下室。我开了灯，在一小堆白色印刷物——册子、书和杂志——中间发现一本薄薄的小东西，上面的米歇尔·布托的法语名清晰可辨。我抑制着剧烈心跳，将它带回起居室，在桌上展开。我知道我的行为也许会让秦姐生气的。我看不懂，全是法语。我找到二楼陈鹏房间，他房门虚掩，我敲了敲门。请进，他说。我说你忙着呐？我进去。他果然站在桌前，电脑用一只椅子高高架起来，正噼里啪啦敲字。啊，是啊，哥们，我在，正在写我的小说。你怎么站着写？是啊是啊，我崇拜海明威嘛，所以效仿他站着写。哈哈，那我不打扰啦。没事没事，进来吧。我正想歇会儿。我把米歇尔·布托薄薄的作品摊在小桌上，陈鹏举起来，问我是米歇尔·布托大作？我说是。他仔细看了看，说他法语也有限，也就看个大概吧，具体的不如找秦姐问问。我说，她要知道我偷偷拿她的东西必然怪罪我，他说，也对，我建议你赶紧还回去。我问他，米歇尔写了什么？他说，诗，你看，长短句，明显是诗。具体嘛，我大致翻一下吧：

时间并不确定
鸢尾花束和最后一只蜗牛
星空的倒影宽阔但有裂缝
时间尽头
一片麦浪，和另一片
草红色森林
如士兵的铠甲守候
不在意攻破防线
马奇诺一端的冲锋
和大撤退
敦刻尔克就在前面，或在身后

英吉利海峡的塞壬之歌啊
平滑如苹果的肌肤
这星光
这果冻和奶酪
也许不是有意
但事实如此
向着最险峻的远方后撤
终于在寒冷与酷热中沦陷

大致如此吧。啊哈，明显的表现主义或者象征主义。可是，陈鹏蹙额看着标题，标题是，远方。这明显是表达痛苦的，诗人内心的痛苦。很好的诗，很好。我说，会是写皮埃尔和他的友谊吗？不太像。或是一首风物诗？托物言志？哦，这应该——他挠了挠头，我说不准。诗人和诗人之间，和艺术家之间往往使用曲笔，这非常正常，也没什么不合适。即便他抱怨了皮埃尔又不想让他知道或看出来，依我看，也没什么不妥。

这么说，我问他，你不觉得秦姐的故事有什

么深意?

任何人任何一句话都可能有深意，也可能什么也没有。

你怎么看他们三人的关系？皮埃尔和妻子，和米歇尔·布托?

任何人都可能隐秘地侵犯他人。不是吗？他看着我。现在我发现这小子也许比他实际年龄看起来还要年轻，也许三十六七吧。

是，我承认。

你的小女友呢?

回屋休息了。

她很漂亮啊，大哥，这要在法国，以你们之间的年龄差，你会招来一大拨虎视眈眈的家伙。

哈哈，国内也如此。

我们相视而笑。我没跟他讲我那几个90后手下，更没法讲我像个孩子似的揍了其中一个，再把他们全赶走了。

所有的恶，归根结底，大多是性嫉妒引起的。他说。我上一部小说，多多少少写了这个。

是吗？很想拜读。

算了吧，大段大段的内心独白，你不会喜欢的。

他笑了，居然有些腼腆。

大多数的恶是由性嫉妒引发的？你是这么看的？我说。

是。绝对的真理。弗洛伊德发现的真理，你没发现大部分好莱坞电影都在讲这个？

我想了想，脱口而出，《唐人街》《偷窥》《本能》《埃及艳后》……还真是。

这种小美女你得时时刻刻看好了。

洛丽塔？

你看过那本牛烘烘的书？

没看完。故事我略知一二。

总之，你务必小心再小心。身体也得多多保重。哈哈。

我笑着摇摇头，告辞。我倒挺喜欢他的坦白。我为小册子拍了照片，返回后院，把它放回地下室，塞进一堆印刷品中间。我不确定这么做是否合适。其实我可以偷偷带走它，秦姐不会发现的。那么久了，我相信她不会每本必看的，不会检查是否少了一本。

23

没料到尼姆如此恢弘。古罗马时期的斗兽场保存完整，经风吹日晒的火山石围墙坚固高大，如黑色巨碗。内部尤其壮观，从高处俯瞰下去，中央圆形的斗兽场形似奶酪，此时一个现代派金属装置正立起来，与残酷狞厉的氛围格格不入。售票处工作人员告诉我们，几天后将在此举办一场摇滚音乐会，门票早就售罄；我们在最高一层观众席待了十来分钟，然后下去，重返地面，走出斗兽场。我发现秦姐和陈鹏很喜欢跟我们待在一起，似乎不太愿意让我和米苏独处，也许是担心我们语言不通吧，毕竟南法懂英语者少之又少。秦姐信马由缰，带我们进入古城区东游西逛。好在，米苏挺喜欢和他们聊天，不觉得非跟我腻在一起不可。很多时候，一旦聊到文学，她就亢奋激进，暴露出她这个年龄特有的天真。但在我眼里，这种天真才是米苏的本色。她何必什么都清清楚楚呢？我何必又带她来一趟我来过两次的法国？

在一家露天咖啡馆，陈鹏请我们喝了咖啡。之后，我回请他们吃了冰激凌——当地冰激凌店生意很火，有多种口味供顾客选择，且分量很足。我的香草冰激凌根本吃不了，好在米苏全包了。她真能吃凉的东西。秦姐吃得很少，把自己的给了陈鹏。这个光头大快朵颐，又拉上我们在一家钟表店买了块瑞士手表，称价格比国内便宜三分之一以上。当地人对我们的出现丝毫不感到奇怪，非常礼貌地报以微笑。城内有一条大河，河水清澈，水里有肥大漂亮的锦鲤，我们沿河而上，渐渐地，我们和陈鹏秦姐拉开了距离，不久又被一个新的看点和新的发现聚拢。一片梧桐绿荫下出现一拨老人，一人抛出铅球般大小的圆铁球，击打远处的另一颗球。秦姐介绍是法式滚球，是法国风靡的中老年运动。我们看了片刻，一个卷发老头总是获胜，不时嗷嗷大叫着。秦姐带我们一路向上，攀援至一座小山山顶，从另一侧下山时发现一座露天的古罗马剧场舞台，应该是当年表演、演讲之用，很大，结构对称，下方有观众席。下到山底再看，你会惊叹古罗马人的魄力与智慧。我还是更喜欢宁谧的尼姆小城——从山顶看去一片金黄，密集的古老房子干净漂亮；楼房都不高，街道也很窄，由花岗岩铺地，平滑整洁；老房子大多是石头造的，置身街巷中非常舒服，外面的喧闹被楼房隔开了，让人孤独而温暖。米苏为我买了一只橡皮手环，我扎起来，咖啡色的，还不错。我给她买了一只小皮包，斜挎背带，深棕色，皮质很好且价钱公道。绕小城一周还发现有古罗马时期的市政厅，巨大的人字形屋顶，十二根白垩石柱，柱顶雕刻有狮子和天使。我们没再进去，远远看着，拍了照片。身后就是尼姆美术馆，秦姐说皮埃尔曾在此举办过隆重的个展，法国南部很多城市的朋友都赶来了，盛况空前。是他生前最看重的一次展览。

我们坐进另一家露天咖啡馆，米苏想去逛逛附近女装店，我累了，不想动弹，陈鹏自告奋勇，米苏用眼神问我行还是不行，我点了点头，大声招呼陈鹏，你可别把她拐跑啦。两人笑着离开了。

你太紧张了，剩下我和秦姐时，她笑着说，别忘了，这是法国。

是吗？我紧张吗？

她不是孩子了。

都说她只是个孩子。

她19了，在法国是适婚的年龄。哈哈。你放心吧，放一百个心。

陈鹏要在你这儿待多久？

我随便啊，他想待多久待多久，反正要付房费和餐费，我增加一份收入，挺好。

他真写先锋小说？一个先锋小说家哪来那么多钱？

这个嘛，秦姐微笑。据说，他在为著名的皮尔·卡丹写一部非虚构之类东西吧。他必须挣到钱，才能任性地写他的先锋小说，谁也读不懂的先锋小说。

皮尔·卡丹？那个著名的时尚界的皮尔·卡丹？

是他。

他还活着？

当然。今年，应该96啦。

天呐，陈鹏在为他干活？

雇员之一吧。他们的交集我也不太清楚。但我知道皮尔·卡丹在阿维尼翁的鳄鱼村买下了当年萨德侯爵的城堡。

萨德？那个施虐狂人萨德侯爵？

是他。她看着我，眼神颇有深意，到了我这个年纪，杜上，其实我也就比你稍长五六岁。到了我们这个年纪，凡事顺着来，也就是中国人所说的顺其自然，凡事不必较劲。否则适得其反。

我明白。

要对眼前的处境，心平气和。

我挺心平气和的呀。

我的意思是，我们要学会放下。放下让你牵

肠挂肚的东西。

已经没什么东西让我牵肠挂肚了。

未必。

她看着我，像在研究我。

每个人都有秘密。你一定没跟米苏聊过，至少没认真聊过。也许，你是为了保护她。

我没吭声。

不说是对的。她也许理解，也许不理解。说了也未必理解。总之，大多数时候，沉默是最管用的。

可她的秘密，都对我说了。

是吗？秦姐笑了。

她给我的太多太多了，而我——

这是问题所在。

没什么答案。还没有。

我们总想通过某种决绝找到理想中的东西。我们自以为我们能摆脱过去。其实不然，我们是从过去生出来的啊。再说，她还那么年轻，恕我直言，你确定你们——

我没吭声。

啊哈，我说这句话已经在杞人忧天了，一点儿也不心平气和。抱歉。秦姐忽然像个少女似的笑了，我告诉你啊杜上，我的第一任男友就在昆明，地地道道昆明人。

现在还在昆明?

在啊。在某大学教书。

你们还有联系?

当然没有。

我不太明白，秦姐，如果你一直不成家，不要孩子，那么，皮埃尔留给你房子，意义何在?

房子的事情自有热衷房子的人操心。我只是从父亲手里暂时接管了它而已。一切顺其自然。这么多年，应该是几十年，就这么过来的。

从巴黎到了南方?

对，从巴黎到了南方。我需要一种自在的状态，一种既在责任之中，又不太为责任所累的状态。我们的生命，说白了，非常短暂，也不值一提。

所以，你可以放弃你的古建筑修复？

对。需要的时候我还会捡回来，谈不上放弃。你只能在乎当下，对吧？它们自然而然地发生。

没错。

我注意到，她看着我说，你总提到孩子。

我心里一紧，像被刀尖挑了一下。

放心吧，你不说，我不会问你。我要说的就是，就像我们昆明老话说的，莫挨自己装佯拾气呢。

哈哈。对，莫跟自己过不去。

陈鹏和米苏回来了，她什么也没买，两手空着，两人有说有笑。我心里又一阵刺痛。

有收获吗？

太贵了。米苏说，他说不贵，可我总是把欧元立马换算成人民币。

我劝她把那条围巾买下，纯羊毛的，质量上乘，陈鹏说，真不贵，一百二十欧。

太贵啦，九百多人民币呐。

哈哈，你要习惯直接用欧元计算价格，否则你会整天提心吊胆。秦姐说。

她才不必提心吊胆哩，陈鹏说，自有老杜操心嘛。

我笑了笑，没吱声。

我们要了美式黑咖，陈鹏秦姐要了卡布奇诺。光头侍者穿着笔挺的黑色西服，看起来又酷又帅，我称赞他的造型与大作家陈鹏异曲同工。他说法国咖啡馆侍应是很好的职业，大多对颜值有要求。像我，他说，唯一和他相似之处只有光头一枚，哪有他十分之一的帅气。哈哈。

我觉得你行的，米苏说，你可以在一家咖啡馆打工，养着你的先锋小说。

哈哈，好主意。可惜人家未必要我。

你可以试试。

这倒是个办法。一旦小说写不下去了，的确可以来咖啡馆跑堂，积累些素材。

我独自去了商业街，回来时把米苏看中的围巾带了回来，亲自给她系上。陈鹏和秦姐鼓起掌来，说我是真爷们，非常伟大，像标准的法国绅士了。

返回途中，我故意和陈鹏走在后面，米苏挽着秦姐的手走在前面，亲如母女。我悄悄问陈鹏，皮尔·卡丹公司给的报酬一定不低，能帮他在法国支撑多久？他一愣，然后笑了，说秦姐告诉你的吧。我没说话。他说还好，待一两年没问题，再说，他暂时还没有回国的打算。我问他老家在哪，他说，广东，广东河源，听说过吗？我摇头。他说当年一个穷地方，我爷爷活活饿死。我爹逃难出来，一路杀到福建，还是活不下去，又回广东，最后落脚韶关，我生在韶关，但河源一大堆亲戚。

皮尔·卡丹让你写什么？

报告。

报告？

近二十年来的时尚帝国拓张报告。

干吗让一个小说家，还是中国的小说家来写呢？

哈哈，这份报告也需要一些虚构。

干吗不找自己法国人写？

我便宜呀，比法国作家便宜很多，而且，我刚好待在南法，他的城堡就在阿维尼翁附近，我可以带你们过去转转。再就是，小说家的最大特权不就是虚构？他用一个中国人来虚构，很大程度上，非常安全。没人知道他这些历史。部分经过虚构的历史。我匿名帮他写。无所谓，我只在乎到手的欧元。

不会破坏你的小说写作？

不会。我白天写报告，晚上写小说。每天写够五千字就OK了。

他看着我，很严肃地说，我认为你的小丫头很有小说家天赋。一是她读了不少小说，二是她对文学的看法很独到。你千万别小看她的天赋，我建议你可以试着让她写写看，不必再帮你们写什么公众号文章了，那种东西满大街都是，随便找个人就能写。

她再也不会写那些东西了。我也再不写了。

他站下来，更为严肃地看着我，几乎凝视。

你们要在法国待多久？

一个月吧。

没什么打算？

还没有。没准也写小说？

哈哈，我不认为你现在写小说是个好主意。很多人的确有丰富的阅历，但生活和小说是两码事。小说需要的不单单是经验，小说最重要的是技巧，以及，海量的阅读，只有阅读才能教会你怎么写作。生活是教不会你的。

你说得太深奥了。

哪里，你的小丫头清清楚楚，而且很有野心。也许，她已经悄悄地开始写了，只是没告诉你。

米苏刚好回头看我，短发被寒风吹乱，她撩起来，压住。那条绛红色围巾漂亮极了。我庆幸自己买了它。

返回蒂日涅，我们在大宅里喝茶聊天。随后秦姐开始准备晚餐。我和米苏又出门溜达了一趟，待在树林里听熊天平。我问她是否开始写小说了，她笑而不答，我接连追问，她说她是打算写个短篇，让陈鹏看看，当然也让我看看，我问她写的什么，她说，保密，暂时保密。

你好像被他鼓动起来了。我说。

是吗？有吗？

有。他很关注你。

哟，老杜你吃醋了。

哪里，没这必要吧。

我看你是吃醋了。

没有。真没有。我来法国心情大好。

心情好你还吃醋？

说了没有。

我不喜欢作家。放心吧老杜。

为什么？

你说为什么？作家全都自以为是，非常自恋，瞧不起任何人。

对，除了他们自己，瞧不上任何人。

也许比石冲啦周沫啦还差劲。

不。那几位就算啦。

他们找过我。米苏说得极其突然。

什么意思？

他们给我写信，当然，为石冲写的——小褚和周沫共同签名，希望我跟石冲好。

荒唐！

石冲也给我写了信。哈哈，挺肉麻的，说我成熟，稳重，大度。我真不知道我有那么多优点。

然后呢？

他约我看电影。

你去了？

去了。一天下午，下了班，我去了，只是好奇。也许，是想亲耳听一听一个比我大很多的小伙子的甜言蜜语？

你从没说过。

那时候我们还没在一起呀，老杜。后来想找机会告诉你，但是不知为什么——

然后呢？我隐隐不快。

看完电影，他又请我唱歌。

我没吭声。

再然后，十点多，十一点不到吧，就撤了。

我仍不说话。

我打车走的。他想送我，我坚决不让。

各种或真或假的桥段在眼前轮番上演，像错乱的电影镜头但一定在真实的过去悄然发生了。她也许隐瞒了什么也许什么也没隐瞒她说了全部。她原本可以不说一个字让它烂在肚子里的，一小段恶心的插曲也是小秘密，不是吗。谁能保证一定是恶心的绝不是羞涩甜蜜激荡人心的？只不过，权衡再三，她选了我。否则，否则，出事那天她为什么送他下楼而不是第一时间照顾我待在我身边？不不，这事情不能展开联想，连推断也不能。也不必。我没说的岂不更多？不是坦白和真诚将我们带到法国的，是不必言说之物让我们走近的。是我们被时间凿穿、破坏、伪装和再造的东西。连我们自己都毫无知觉的伤口。

你千万千万别胡思乱想啊，老杜。

嗯。

你生气啦？

没有。

真没生气？

当然。不至于。

你就放心吧。我是你的，百分之百是你的。

我知道。

不提他们了。一个字也不提了。早就过去了。

是啊，早就过去了。

她上前抱住我，亲了亲我的下巴。我忽然心情大好。

陈鹏让你看过他的小说？

没有。米苏摇头，一个字也没看过。再说，现在，他不是在写什么皮尔·卡丹的报告？

是，这家伙牛。

你相信他在为皮尔·卡丹工作？

这没什么稀奇。

一个神奇的国家？

自由，博爱，平等，宽容。

容易产生奇迹？

这个不好说。我对这个国家也一知半解。你得问秦姐。

老杜，你想出答案了？

什么答案？

关于阿维尼翁。皮埃尔夫妇和米歇尔·布托的阿维尼翁之行，到底发生了什么？

不重要了。我说。

我觉得很重要。她说。

为什么？

这件事情很可能改变了三个人的命运，也改变了秦姐的命运。

也许吧。当初我也这么认为，但越来越倾向于它没那么重要。也许只是秦姐随口一说。

设想一下，老杜，我们设想一下，皮埃尔突然发现米歇尔·布托和自己的妻子有私情，气得大病一场，准备从此和米歇尔绝交，但是，妻子的态度影响了他，告诉他说，她仍然爱他并且始终爱他，永远在乎他，皮埃尔就此原谅了他们。

这种事情是不可原谅的。

巴尔扎克的小说写了多少贵妇的情夫啊。她们的丈夫，子爵啦男爵啦，也都有情妇。他们心知肚明，他们完全容忍，甚至是上流社会的重要时尚，是身份地位的象征。

那是两百年前。

人性是很难改变的。习俗同样。

不，我保留我的看法。

那只是你的看法，未必是皮埃尔的。

你觉得他什么想法？我看着米苏。

睁一眼闭一眼呀。爱一个人，难道不意味着彻底宽容？

你的意思是，没有附加条件？

对。

男女之爱通常自私，否则就是非爱。

一种是极端自私的爱，一种是宽容博大的爱。都是。我倾向后者。她说。

我沉默片刻。

既然如此，秦姐干吗要说出来？干吗要自曝家丑？

因为这件事影响了她，给她造成了某种——

什么？

不好说。好影响坏影响都有可能。

我想了半天，按照米苏的逻辑：皮埃尔发现了妻子和米歇尔·布托的私情，再把这件事告诉了秦姐，秦姐一气之下找米歇尔算账。对，她不会蠢到跑去找法国母亲说破。只能借机发泄。米歇尔被数落一通，尴尬，气愤，羞愧，决定从此斩断和皮埃尔几十年的友情，但他不甘心从此和那幢大宅子里的金发美人断绝往来，只能忍气吞声找皮埃尔认错，求得原谅，并且发誓再也不会骚扰夫人了。不，这也有点逻辑不通，果真如此，按照一般法国贵族的血性，他又怎么可能延续和皮埃尔夫妇的友情呢？岂不扭头就走？我想不太明白。米苏继续假设：秦姐知道后并未说出，把秘密埋在了心底。皮埃尔呢，也把秘密埋在了心底。不，他甚至没告诉过任何人，没告诉中国女儿秦姐。是她从各种蛛丝马迹中发现的。他佯装不知，她自然不敢吭声，可她再也不喜欢父亲的至交了，再也看不上他们亲密的关系了。这种关系早已弥漫出浓重的表演气息。会是这样吗？皮埃尔、秦姐同时知悉另外两人的秘密，唯一蒙在鼓里的只剩下当事人米歇尔和皮埃尔夫人？

我想得脑瓜疼。米苏劝我别瞎想了，她也不想了。我们来到镇中心小教堂，依然关门。十字架上有耶稣像，一个痛苦不堪的肉身，一个遭到背叛知道自己要死仍义无反顾扛上十字架的人，在夕阳中暗淡发亮，衣襟和发髻足以折射上帝的光辉。我们沉默着往回走。我把手机里拍摄的米歇尔·布托写下的诗句交给米苏，她看不明白，我简单复述了陈鹏的翻译。一片混沌。这首诗也许暗指这起事件，也许一无所指。

我想写这个故事。就写这个虚构的故事，写这三个人物的关系。好吗？

随你便。我说。我发现米苏已经比她在昆明时期有很大变化，仿佛一夜之间长大了，忽然发现了志向和兴趣所在。这没什么不好。又加之头一次出国，头一次就来到遥远的法兰西，她自然像一只充满好奇的小松鼠，东瞧瞧西看看，不断往她小窝里搬东西。

我打算问问秦姐。虽然我明明知道很多东西是不可言说的。

傍晚我们一面喝酒吃饭一面表演节目。唱歌，诗朗诵，或讲个段子。我只能唱歌，汪峰的《春天里》，他们用力鼓掌。米苏也唱了一首杨丞琳的，我从没听过。陈鹏用低沉又冷漠的嗓音朗诵了自己的小说片段，果然，我们谁也不太明白或并不十分明白他具体写了什么，表现一个男人和一片废墟的何种关系。一片笑闹声中，秦姐站起来，用勺子敲了敲酒杯，用标准的几乎毫无口音的法语背诵了一段文字。我们请教她是什么作品——我隐约猜到了。她说，皮埃尔的诗。她重复开头几句时我调出手机图片，凭直觉猜到这正是米歇尔那首《远方》。不是米歇尔的？是皮埃尔？秦姐声情并茂念完，告诉我们说这首诗写于1991年春天，是皮埃尔的得意之作，写于这所房子，也许，就写于这张桌上。我问她，为什么署名米歇尔·布托？你确定不是米歇尔的诗？当然不是，秦姐看着我，微笑。我们已经心照不宣，她早已洞悉我偷看过小册子并且研究了这首诗，她也知道我必然会对它以及她的故事感到好奇。她索性用直接朗读的办法将其公布出来。她说，米歇尔辑录了皮埃尔的诗，你们没发现封面上他的名字后面缺了主编字样，他在扉页上做了弥补，但难免让人误以为是他写的。这本薄薄的册子一共收录了三个人的诗歌，一首皮埃尔的，一首查塔姆的，一首他自己的。忘了告诉大家，查塔姆是镇上另一位诗人，我们应该能见到他。

在院子里，我向她道歉，问她，你不生气？

她笑而不答。

这首诗，和你的故事有联系？

没有。没有必然联系。你想多了。他们三人的关系很好，不必瞎猜。

可你明明说了，你说了他们的阿维尼翁之行。

啊，我说了吗？她若有所思，在酒精作用下面颊绯红。是啊，我干吗要说这些呢？忘掉吧，杜上，忘掉它。当我没说。

那三只猫中的一只，最肥的那只忽然出现在门前，低垂脑袋嗷嗷叫着，寻求人的宠溺和爱抚。秦姐故意不搭理它。它毛色深棕，像膨胀的巧克力，目光绿莹莹的。米苏和陈鹏仍待在室内，高声探讨着什么。我猜，仍然是文学。她也许真的找到了她希望找到的东西。她一整天都很兴奋。毕竟是精力旺盛的孩子。

忘不掉呀。我说。

我可什么也没说啊。秦姐说。

你的故事让我们胡思乱想。

哈哈。那是你们的问题，与我无关。好吧，我可能讲述了一起事件，一桩和你们想去的阿维尼翁有关的逸闻罢啦。因为你们要去嘛，我就多说了几句——她拍了拍我，她散发的香气非常好闻，自然又醇和，与米苏的香味多有不同，颇能体现成熟女人的韵味。事实上，她迟缓地说，我也不太清楚，一直不太清楚他们三人究竟发生了什么。发生了还是没发生。我也在猜测。但就像我跟你聊过的，最终的最终，他们毫无变化，他们仍然是好朋友，好丈夫，好妻子。对吧？也许什么都是我瞎想的。最后的最后，诗歌留下来了，友谊留下来了，爱情留下来了，艺术留下来了。这些诗歌多棒呀。

没错。

她又用法语背了两句。

不必穷根究底。

同意。

你的秘密，我也不穷根究底。但请允许我做一番小小的猜测：你和你的前任，一定出大事了。

是。我承认了。但不准备说出来。总之，两败俱伤。

秦姐望着黢黑的松林。

你非常非常愧疚？她忽然说。

我不知如何回答。

你是对的，我是说，你和米苏的关系，没任何问题。我挺你。总要往前走啊，总要把黑洞堵上，总要从坑里爬出来。拼命爬出来。

我仍不吭声。

还喝吗？她笑了，待会儿给你们尝尝茴香酒。对，梵高的茴香酒。

没问题。

我把查塔姆也叫过来。

她这时候才腾出空招呼她的猫，它小跑着奔过来，她一把抄起它，温柔地爱抚它，摸它两只耳朵。小家伙在她怀里撒娇叫唤的声音像孩子发出来的。寒风大起来。我们回到前廊，坐在椅子上。回头还能看到米苏和陈鹏正激烈讨论着什么，两手连比带画。

我一直由着性子来，杜上，很多东西全不在意。你明白我的意思吗？

我点点头，又摇摇头。

当年我要来法国，我那个小男朋友，那个大学教授当年还不是教授还只是个讲师，追在我屁股后面求我不要走，不要离开昆明，不要跑那么远。可是没用，我义无反顾。他的意思是我好歹可以选择北京嘛，他可以抛下一切跟我北漂。再不济，他在昆明，我在北京，每年总还能见个两三次吧？我没想那么多。是的我在乎他，爱他，但是，我对法兰西的爱，哈哈，远远超过对他的爱。我说走就走了，没跟他来个分手仪式，甚至没告诉他。我带上后来丢掉的大箱子跳上火车直奔巴黎。古建筑修复干得好好的，我又来了南方，没工作就没工作呗，反正饿不死。我跑遍南法，最潦倒的时候给一座小教堂做过看门人，哈哈。

我挺佩服你的，赤手空拳单枪匹马跑那么远。

你们不也跑来了？

我们只是暂时的。

还是跑出来了。

你没想过这么大的房子会变成负担？

是负担，当然是负担。当我觉得再也承受不了，我会想别的办法。我会由着我的性子。

卖掉？

她凑近我，瞪大眼睛看我。

好主意。哈哈哈。

笑完后她有些伤感，凝望着不见一丝光亮的

松林。

说实话，杜上，我的法国父母对我真好，你不知道一对法国夫妻愿意收留中国姑娘做女儿，会付出什么。满满的爱呀。他们当然希望我能维持这个家，把它继续做成南法的艺术中心。这是他们的想法。我的痛苦，也许，最近两三年的痛苦，与之有关——责任和自由，它们激烈交战。否则——

我看着她。

否则，我会跑去阿维尼翁边上找个小地方待着，每天画画喝酒。

在这里你一样可以画画喝酒。

哈哈，对，你说的完全对。

她拍了拍手，起身招呼我们喝茴香酒。从厨房里搬出的烧酒瓶又沉又大，她打开，为我们每人斟了半杯。之后给查塔姆打了电话，他二十分钟就赶到了，一个胖胖的非常谦和友善的诗人，全然没有我想象中的法国男人的傲慢。他说的英语口音极重，必须每次请他重复一两遍方可听清。我喝得有点大，感到冬天的蒂日涅毫无寒意，米斯凯尔风缺席的冬天就不该称之为冬天。查塔姆又向我简要回顾了皮埃尔与米歇尔的友谊。至于他们三人的阿维尼翁一行，我没问。米苏也只字不提。

阿维尼翁到底是个什么样的城市？我问他。

哦，这个嘛，和尼姆相似，又有它特别的地方，那就是，很可能是——他捏着嘴唇，思索着，时间拖得过长。可能是另外一种，寂静。

另外一种寂静？

对，另外一种。和尼姆的寂静、蒂日涅的寂静都不一样的寂静。

查塔姆看看我，又看看米苏。

你妻子？

哈哈，目前还不是。

她很漂亮。你的DARLING，非常漂亮。

谢谢。

当年，他压低了声音，秦也漂亮极啦。

她现在也很漂亮。

是的，当然。她应该学习写诗，继续画画。不过，这只是我的看法。我们必须尊重女主人的一切决定。

我们五人差不多把整瓶茴香酒喝光了。陈鹏显示了惊人的酒量。大约十一点，秦姐在后院点起一堆篝火，火焰熊熊，带我们陷入沉寂。对，正如查塔姆所说的寂静。绝对的寂静。他一身黑色羊绒大衣在火光下呈淡蓝色，酷似克格勃或盖世太保。火势惊人，很快就以一种衰竭的勇猛从容燃烧。火焰将众人照得高大而模糊，无法猜度他究竟喝了多少酒。也许喝再多也可以，也许我们都应该滴酒不沾，马上在火光中躺下入睡。火势沉下去了，秦姐拍了拍手，招呼我们大家，晚安啦各位，好梦哟。

24

半夜，我知道米苏出去了很长时间。应该是上厕所了。我睁不开眼。她回来时身体发烫。我醒不过来。清晨我也上了一趟厕所，有人在起居室呆坐，我喊了一声。是秦姐。

嘿，你接着睡，她说，我睡不着。我习惯了早睡早起。昨晚一点多才睡下去，现在怎么也睡不着啦。我给你们做早餐。

突然听到院门敞开的声音。

查塔姆，秦姐说，他回家。

25

某种稍显反常的情绪正流淌出来。我不太确定是什么情绪。也许喝大了，脑袋昏沉沉的，判断力和思维都会滞后，眼前似飘荡着冬天南法的大雾。也许，蒂日涅冬天的暖阳有种季节的紊乱感。早餐后，秦姐建议我们去一趟古罗马水渠，陈鹏米苏大声说好，我不置可否。我感到累。我想休息。但我知道我不能把米苏一个人扔给他们，尤其是扔给陈鹏。查塔姆没再出现。我和米苏在院子里散步，这里凉凉的，松林遮天蔽日。我们停下来仔细观察，希望发现松鼠。我说，今天不去了吧？我喝大了，头疼，能否休息一天？我说别忘了我们的目的地是阿维尼翁。米苏说，她想去，很想去古罗马水渠看一看。陈鹏说，那是当地极为壮观的横穿天空的引水工程，不看一下就太可惜啦。

明天不行吗？咱们歇一天。

走吧，你不去多扫兴呐。天气那么好。

我头疼。一晚上没睡好。

我也没睡好。回来我们早点儿睡，好吗？

我摇头。我们似乎头一回意见不统一。我知道迟早有这么一天。这是必然的。

要不你们去吧，我留下。

那怎么行。

怎么不行？我留下。我跟秦姐说，让查塔姆过来聊天。不来也行，我一个人出门走走。看看书什么的。这地方就适合呆坐，晒太阳。

你真不去？米苏问。

不去了。我态度明确。

那我也不去了。

不行。你必须去。你们早去早回。

米苏把我的决定告诉秦姐，秦姐说那就明天？你不去不合适。我说没什么不合适，你们走吧，我一个人待家里挺好。你确定？秦姐皱着眉头看我。我确定，我说。陈鹏也表示我不去太遗憾，那不如大家都休息。不不不，不能扫你们的兴。走吧，你们走吧。

最终他们三人怏怏上车驶出院门。米苏伸出手使劲向我挥舞。我待在院子里，阳光正驱散大雾。三只大猫躺在水泥地上晒太阳。十点多的时候我出去，很快抵达镇中心小教堂。米苏微信来了：我想你。我回了一个笑脸，让她好好玩，玩尽兴。我差不多走遍整个小镇，几乎没碰上一个人，四周一片寂静。此前没去过的地方我都走了一遍，竟然在镇子入口处发现一家咖啡馆，我进去，要了七分熟的牛排、煎蛋和咖啡。这里人少，幸好门外坐了两桌中年人，我想象此地像中国城镇一样缺少年轻人，但很快发现吧台后面的小伙子最多二十，另一个姑娘从厨房出来，年纪和他相仿。另有收银的、跑堂的中年男子，都穿了白色餐服，彼此之间保持礼貌的沉默。后来小伙子冲姑娘说了什么，姑娘笑了，神情淡定，举止娴静优雅。餐厅的布置很别致，黑白灰为主，墙上有油画，应该是不出名的画家手笔。我吃得飞快，又要了一只炸鹌鹑，一杯红酒。中年跑堂总算凑过来聊天了：BONJOUR(你好）！我回他，BONJOUR！他说，你是秦的朋友？我点头。他笑了，我就知道，你是秦的朋友。我们也是很好的朋友。我问他，蒂日涅就她一个中国人？他答，是，就她一个。不过，她是法国人呐。哈哈。我趁机问他皮埃尔和米歇尔·布托，他说谁还不认识两位大艺术家呢？他们非常要好？当然，最好的朋友。皮埃尔妻子呢？玛丽琳？她非常美，一头浓密的金发。她的葬礼我们都去了。几乎全镇出动。后来是皮埃尔的葬礼，再后来轮到米歇尔。他坐在我身边，手指划拉着白色餐布。你去过秦的家？当然去过。镇上很多人，上点年纪的人，都去过。怎么看他们三人的关系？非常亲密。他们是非常非常好的人，明白吗？他们是蒂日涅和尼姆的骄傲。但是——但是？男人挠了挠头，他留一个大背头，脸颊消瘦，让我想起某部电影里的尼古拉斯·凯奇。但是皮埃尔后期的画作，好像，你能感觉到，他也许不太快乐。也许艺术让他痛苦，也许绘画让他厌倦了，也许——因为玛丽琳不再爱他？我说。他大笑，敲了敲桌子，如果你告诉我玛利亚不再爱耶稣我会相信的，但玛丽琳不爱皮埃尔我绝不相信。哈哈哈。我举杯祝他健康，他向我颔首致敬，祝我用餐愉快。我买单时留了两欧元小费。

我回到大宅，去地下室翻看那一堆诗集、小说集、画册、诗画合集。很美。有的集子仅一首诗，有的诗画搭配绝妙，尽管我读不懂法语，但我知道，其形式就体现了别出心裁的典雅或另类之美。角落里有一只木箱，我往内搜找，找到多部名为《火》的杂志，用数字标注了期数（我查了手机字典，翻出了这个法语的“火”——FEU），前后共二十余部，或厚或薄，时间不一，竟然从1975年始，延绵至2009年。三十多年间，间隔最久的是1988年之后直到1999年才又出一期，之后差不多保持每年两期的节奏。《火》仍由机器印制，全是诗歌。有皮埃尔的诗，米歇尔·布托的诗，还有多名当地诗人的诗，我发现了查塔姆的名字。其余我一个也不认识。最后一本杂志下面出现一本小书，开头几页仍是诗歌，后来以多幅照片作插画。细看，竟然是这个宅子内外不同角落不同物体的特写，而且是拍立得留下来的，一分钟成照，转印后更显模糊，纸张也已泛黄。我辨认出松林，鱼池，猫，那只卷毛的名字大概叫柏拉图的猫，以及，玛丽琳。是的，她的单人照片，直视镜头，瞳孔因为严重偏色而呈现一抹浅粉，一头金色卷发，表情严峻，没有微笑，脸颊修长，不瘦，恰恰介于丰腴和尖削之间的一种唯美状态，呈现出惊人的明星般的气质。一件大开领白色衬衫，肩膀部分亮出开襟蓝色羊毛衫的一角，脖颈修长，戴一串细小的铂金项链，不，没准是水晶的，我不确定。照片也许拍于1990年代，也许2000年之后。我拿不准，重要的是你很难猜出她的年龄，五十？六十？或四十五六？甚至还要年轻。年轻得像某些大明星特有的自信和平静，这种平静不是被赋予的，它来自内部。一个气场强大的无与伦比的中年美女。我看了半天，头皮微微发麻。任何男人，任何具备阅历的男人都会爱上这样的金发美人，这与年龄无关，她笃定地展现着驾驭事物的自信，一种宗教般的豁达。我凝视着她，自然，她也在凝视着我，透过十几二十年甚至更久的时间和发黄的厚厚的纸页，向我投来坦诚的清水芙蓉般的性感。再往后，是皮埃尔和米歇尔的照片，以及，皮埃尔、米歇尔的合照，大多是皮埃尔伸出左臂揽住他的肩头，后者右手通常在皮埃尔的腰背处消失。这个姿势惊人地重复着，无一例外。我试图找到三人合影。没有。这本书没有一张三人照片。我翻遍了箱子里的杂志和书籍，都没有。《火》的照片已经是最多的。我相信秦姐手里会有他们更多的照片，但也许仍然缺少一张合影。这太奇怪了，三个最好的朋友，也许是终身最好的朋友，居然没有一张集体照。

到底发生了什么？

下午，我在松林间的长椅上睡了一觉。很冷，地上还有白霜，好在阳光洒下来非常舒服。我和衣而卧，穿了羽绒服并不觉得冷。三点左右我又出门，绕小镇走了一大圈。在镇子东北角，我发现了面包店兼杂货店，我买了些法棍和羊角面包。天暗得飞快，刚过四点就一片鲸灰。我仍待在松林里。比下午更冷。我像困在洞穴里。眼前出现两只斑鸠，扑棱棱振翅飞蹿，从一棵树飞往另一棵树，又折身返回。我进屋取了些面包和碎肉放在空地上，它们立即飞下来啄食，一点儿也不怕人。

他们快六点时回来了。带了不少吃的，两瓶好酒。米苏下了车就扑向我，在我脸上用力亲了一口，问我这一天怎么过的，我问她，古罗马水渠如何？好，非常好，她说那个超级引水装置架在两山之间，循山腰爬上去才能窥见全貌。有一千多年历史了，大得像巨型桥梁。最厉害之处是，渠沟像长城一样全是巨石垒起来的，你没法想象古罗马人是怎么把它建造起来的。她掏出手机给我看照片，一张一张往下翻阅。果然，这个巨桥般的大家伙凌空虚蹈，气势迫人，从下往上仰视时像打量某种外星奇迹。我注意到照片多为她的自拍照，她的脸被压进角落，因广角关系显得扁而大。还有和秦姐的合影。没有陈鹏的照片。一张也没有。她没跟他合影。没出现三人照片。唯一一张陈鹏合影是他和秦姐的，他大大方方揽着秦姐的肩，我惊奇地发现他的手伸出和揽住的方式和皮埃尔的一模一样，而秦姐的右手也酷似米歇尔的手，小心翼翼地从身后斜插至其腰部，也许搭在腰上也许悬空。从照片上，你不得而知。米苏还让我看了山下湖泊照片，湖水碧绿，像美玉一般毫无杂质，令人惊叹的是这么冷的冬天居然有人光着膀子蹦下去游泳，从长焦镜头上看他们非常快乐且身体极佳，嘴巴大张，用力挥动胳臂。我问她什么人在游泳？她说应该是附近的人。冷吗？不冷，不算冷。他们好像根本不在乎冬天，一个个脱光了嗷嗷叫着跳下去。

陈鹏似乎累坏了，晚餐时话很少。秦姐为我重新普及了一下古罗马水渠知识，说他们是古罗马统治区的重要工程，也是名副其实的惠民工程，他们，通过其伟大创造很好地统治了法国南部地区，生产效率提高数倍，创造了财富和便捷。因此，古罗马对古法兰西族裔也就是古高卢人的征服是卓越有效的，使之成为帝国重要的一部分；后来罗马帝国被更低级别的日耳曼民族击败之后，他们还是保留了古罗马基础设施。其实，你会发现，后来法国人自己也发现，一旦你掌握了控制水和火的技术，就能掌控生活。而生活嘛，并不复杂，成本不高，无非是人类寻求各种平衡的一系列本能。生活，秦姐看着我们，说白了不就那么回事？

是啊，可你的房子真够大的。陈鹏说。

我们笑了。

她说我没去看看水渠太可惜，也许下次不会再有机会。我承认我有点失策，不过今天我也过得兴致盎然。

是吗？

我发现了很多有意思的东西，比如《火》里的照片。

杂志？我不太记得了。

他们办了多年的杂志，应该是一份很重要的杂志。你居然忘了？

秦姐抱歉地笑笑，说地下室东西太多。

米苏嚷嚷着直奔地下室。陈鹏端一杯红酒独自去了前院。

剩我们俩的时候，秦姐说米苏即将写一部短篇小说啦。她好像受了陈鹏不少影响，她说，他们一直在聊文学。还吵了一架。

是吗？

不知为什么吵。似乎争论海明威和福克纳谁更伟大。

我惊讶至极。

谁赢了？

谁也没赢。你的米苏热爱福克纳，陈鹏崇拜海明威。

是啊，这个做作的所谓先锋作家居然模仿海明威站着写东西。

哈哈。为了福克纳海明威，他们差点打起来。

他好像挺喜欢米苏。

谁都会喜欢米苏。

我笑了，不知道这话怎么接。

明天就去阿维尼翁吧。我说。

差点忘了，陈鹏邀请你们明天去皮尔·卡丹的城堡。

什么意思？皮尔·卡丹的城堡？

对，秦姐向浩渺微寒的夜空伸手一指，就在阿维尼翁附近，我们可以从那里去阿维尼翁。

你去过？

去过。远远看过，没进去过。

米苏的意思呢？

她答应了，说要回来问你。

我在地下室找到米苏，太多印刷品很快让她丧失了兴致。我们去前院，脚底的碎砾石嘎吱嘎吱响。冷风扑过来，我猜此时气温应该降到了零度以下。秦姐在起居室生起壁炉，陈鹏帮她将柴火从厨房前的储藏室抱进去。烟尘从屋顶烟囱上面融入黑暗，我闻到松木燃烧的气味。

他邀请我们去皮尔·卡丹的城堡？

是啊，他说，马上就是圣诞节了。皮尔·卡

丹城堡每年都举办一次盛大聚会，很巧，就明天晚上。

机会难得？

是的。

你想去？

你想吗？

你想去，我当然奉陪。

那我们去呗，老杜，不是每个人都有机会进入皮尔·卡丹城堡的。秦姐也是头一次进去。

好吧，我们去。

米苏高高兴兴地拉着我的手要回起居室，我说再走两圈好吗？晚饭吃得太饱，酒也喝得太多。她说她冷了，非常冷。我说你进去吧，你们先进去。我马上来。

我又绕着前院后院走了十多分钟，起居室的大落地窗让人温暖愉快。火光忽然从壁炉里跃出，让冬夜不再寒冷。事实上我已经冻得满面冰凉，感到细碎的冰沫打在脸上。我不太确定此行到底对还是错。我们来了我们想来的南法，但也许，我们又将迎接新的考验。我拿不准。

回到起居室，壁炉生得正好，陈鹏打算在秦姐那架古老的斯坦威钢琴上弹奏一曲。秦姐和米苏正为他鼓掌。琴声响起，我听不太明白，应该是肖邦的曲子吧。有种惊人的炫技般的娴熟。我们一起鼓掌，他夸张地鞠躬答谢，比出挥臂的手势。秦姐又开了一瓶红酒。陈鹏小声对我说，米苏已经告诉他明天的皮尔·卡丹城堡之行了，谢谢我接受邀请。我说是我们谢你呀，你弄反了，谢谢你的邀请。他笑了笑，说他钢琴没弹好，也许琴太好，反而不利于发挥。我没吭声。他说他能想见当年圣诞平安夜一大帮文人艺术家聚集于此的盛况，一定是玛丽琳弹琴，皮埃尔、米歇尔、查塔姆等十几人鼓掌、唱歌，喝最好的普罗旺斯红酒，何等快活。我问他，等我们去了阿维尼翁，他的生活如何安排，他答：返回这里，再一次面对写作。这几天你们来了我非常高兴，非常放松，当然会影响写作的。小说写得很不顺，但那个报告，写得真好。那就是一份破东西。不用走心的破东西。我知道我写得很好。

他又说，米苏准备写小说了。

我知道。她跟我说了。我鼓励她好好写。她准备写皮埃尔、米歇尔·布托和玛丽琳三人的故事。

哈哈，她跟我讨论过了。她还傻乎乎地问了秦姐。秦姐自然不会多说呀，自然不会告诉她。但她不反对她的虚构，让她放开手脚，只管写。

你真觉得她能写小说?

她能。光头小说家认真地看着我，将杯里的酒一饮而尽。这几天我们都喝得太多了。身心处于一种彻底放空的状态，根本不在乎胖瘦、酒量、明天这些乱七八糟的问题。

当作家，太难了。

可以从短篇开始。你应该鼓励她。她读得真不算少。

我知道她读得不少。

不，老杜，我觉得你不太知道她读了哪些好书。

这话让我隐隐不快。

我觉得她还太小。我说。作家需要阅历，需要经验，需要想象。不仅仅是阅读。

可是没有阅读其他全是瞎掰。眼下，这个时代，没几个姑娘还读懂福克纳呀。

我无法想象一个19岁的小毛孩能写出什么像样的东西。

嘿，老杜，你怎么对你的小丫头那么没信心？她行。绝对行。杜拉斯说过，一个人只要活到17岁就拥有了足够的经验，就够她写一辈子了。你不用担心米苏的才华。

我知道她有才华，可是，未必是当作家的才华。

我见过非常多的人，非常多的想当作家的人，可是他们的能力一望便知，根本没有才华，一丁点也没有。米苏绝对绝对是我见过的年轻人里最有才华的，相信我。

我使劲摇头，但不知道该如何反对他。

好吧，可是，这个小说多难写啊，三个人的关系——

这就是虚构的起点。任何一种猜测都能把她带往远方。

夜里我们睡得很早，他们玩了一天，又喝了太多的酒，太累了。我反而清醒。我抚摸着她，以极其认真、耐心的方式缓慢地抚摸她，抚摸她紧绷绷的光滑无比的身体，抚摸她浑身上下每一个角落。她动情地呼唤我，老杜啊，老杜。我开始吻她。她舌尖滚烫，仍有浓浓酒味。之后，像是忽然从高高的古罗马水渠上跃下，她不再回应我。再也没有动静。她飞快地睡着了，响起低低的鼾声。

26

这天我们起个大早，白霜覆盖的公路在初升太阳下晶莹剔透，原野和森林都显得模糊，雾气还未散开。驶出蒂日涅之后是大片大片像切割过的平缓原野，道路尽头的树林像巨冰一般悬浮，之后道路转弯，风势渐大，雾气持续扩散，天空呈靛蓝色，很快又变为瓦蓝和明蓝。气温随之升高，大量燕雀、红雀、斑鸠绕着低矮的大多孤零零的土黄色房舍疾飞，像在唤醒它们。之后路边出现河流，其闪亮程度让人怀疑是金属做的。空气清冷，从车窗扑进来的风让人头皮发麻。秦姐车速不算快，车内空调大约二十度，很舒服。这种舒服的状态一直持续到下一个小镇出现，房舍簇拥错落，大多是金黄色的，展现着法国南部乡村的宁谧古朴。偶尔出现牛羊，还有鹅群散落在整饬得足球场一样的草地上。秦姐说第一场雪也许过了圣诞节就会落下，也许今年不会有雪。法国南部并非每年都会落雪，好在米斯凯尔风还没吹过来，它会是第一场大雪的先头部队，通常十一月末就已来临，今年明显迟了，但愿它真的错过了。不过，也希望不要错过。下雪的野外，她说，非常美，不是那种很冷的美，是一种寂静，一种来自大地内部的寂静，非常震撼，也非常温柔。我们沉默着，凝视橘红色太阳从车窗正前方升起，最初有些吝啬地释放出少量光芒，忽然辉煌地泼洒下来，金色光辉赋予一切有形之物蓬勃的生命力，让人神迷目眩。道路渐渐变窄，地势向上，一座接一座的小山涌过来，道路越来越陡，弯道越来越多，秦姐开得小心翼翼，不过一直没碰上一辆对头车。她说我们起了大早，此时附近城镇都还睡着，还没有一辆私家车运输车出现，法国人向来喜欢十一点之后才真正拉开全天的序幕。山体葱茏，白蜡树桦树榆树中间有大量红枫似的常绿植被，山体斑驳，进入车厢的气息醇和香甜，有种淡淡的花木的馥郁，像上乘的红酒散发出来的。高处，太阳更加耀眼，阴影也更加浓重，几座小山消失后，第一辆对头车出现了，是一辆银色两厢雷诺，行车声小得像玩具发出来的，错车时秦姐和男司机友好地互相鸣笛致意。

一个小时后，路边出现路牌。标识是鳄鱼村，画着一只肥硕的脑袋高扬的鳄鱼。秦姐说，就快到了。村庄高处就是皮尔·卡丹城堡。但车仅到山下就选了一条岔路进入乡村——大片收割过的麦地躺在远处，道路窄得仅能容纳她的两厢雪铁龙。车身剧烈颠簸。我和米苏的手指攥紧又松开。陈鹏从副驾位置扭头冲我们做一个鬼脸。我问，不上山？秦姐答，这是陈鹏精心策划的新景点，先带你们看看。道路从一条小坡处右转90度，冲上一道斜坡。前面没路了。右侧是一幢孤零零的石头房子。典型法国风格，人字顶，墙身硬实。下了车，我发现石屋左侧有空地，空地上有石桌石椅；再往左，一片白蜡树林迎着冷风喧响，小屋右侧有池塘，连接一条清澈的小溪，溪水一直流入白蜡树林深处。这地方太美了。孤零零一座房子离村庄不近不远，恰好坐落于树林、溪流和麦田的岬角。我站在房子前，站在大片落满白霜的干涸的麦地上，举目可见麦地尽头的小山、树林和白茫茫的大雾。我很好奇什么人会住在房子里。我问秦姐，她转而问陈鹏。他笑了笑，邀请我们在石椅上坐下。说主人回美国了，房子空着。他的叙述令人难以置信：美国女子克里斯蒂娜在此邂逅当地农民莱诺，一个月后结婚，从此和他生活在这里。莱诺比她大十七岁，于去年患癌症去世，克里斯蒂娜不得不迁回美国，房子就此空出来。也就是说，如果算上他们结婚前就在此搭建房子入住的时间，1989年，到去年为止，在此整整生活了30年。莱诺去世时82岁，据此推算，当初他们相识的1989年，莱诺52岁，克里斯蒂娜35岁。还是不及我和米苏的年龄差。

他干吗把我们弄这儿来？

门锁着，从窗户也很难窥见屋内。我们循溪流向上，出现一片菜地，现在荒芜了，但仍然有零零星星的辣椒和番茄钻出封冻的地面，待盛夏结出果实。溪流尽头，是一个游泳池大小的方形池塘，池水清可见底。陈鹏说当年莱诺和克里斯蒂娜每到夏天就跑这儿来游泳。

一对神仙眷侣呀。他说。

你的意思是，他们一直没离开这里？我说。

没有。

自给自足？

对，自己种麦子、蔬菜，自己做饭，最多跑到村子里的面包店买些面包。

也没去一趟美国？

克里斯蒂娜回去过。莱诺没有。从来没有。他甚至没去过尼姆。

我看了看米苏。她两眼闪闪发亮。我再回头看那幢小屋，火红色，屋顶探出烟囱。我想象它冒出炊烟的样子。

本质上，秦姐说，他们的生活和我的生活没什么不同。

我久久看着房子。

陈鹏建议秦姐带米苏在附近转转。剩下我和他，我们在门前石头椅子上坐下，很凉。他又让我先站一站，太阳烤一烤，很快就暖和了。她们走远了。米苏仍然像孩子一样亲热地挽着秦姐的胳膊，后者讲了个什么笑话，米苏哈哈大笑。大风吹动白蜡树的声音清脆悦耳。被太阳擦亮的树叶像溪水一样银白。

我就不绕弯子了，老杜。

我点头。

你和米苏，有什么打算？

我看着他。

打算？

将来，我是说——

没什么打算。

她渴望写作。她需要写作导师。恕我直言，你可能不太了解她的真实想法。她是个写作的好苗子甚至天才，至少天赋惊人，我看过她的片段，她从来不敢让你看的东西。

我一声不吭。

我们够老了，老杜。你真没什么打算？

没有。暂时没有。我们还没去阿维尼翁。

这地方就属于阿维尼翁。鳄鱼村，皮尔·卡丹古堡就在山顶上。从前的萨德侯爵古堡。对，那个臭名昭著的萨德。

我们要上山吗？

当然。

她说起过你。聊得不多，也不算少。

她信任你。

是啊。她不太像一个十九岁孩子。

聊我什么？

她说你信赖暴力——当然啦，她是用赞许甚至崇拜的口吻说的。

谢谢。

她非常在乎你。

我没吭声。

暴力能解决问题吗？

有时候能。

对，但大多数时候，暴力什么也解决不了。

你指的是？

他站起来，靠近石头房子，不知从哪儿掏出钥匙，打开了。转身做了一个邀请进入的手势。我惊呆了。我们进到房子里，他按亮电灯。屋内非常宽大，一侧是厨房，另一侧就是卧室兼起居室。所有功能区一律敞开连通，卧室大床上铺着白布，厨房餐桌甚至灶具也都铺了白布。大床后面有一只大书架，几乎占去整整一面墙。他一一指给我看：屋内设施非常齐全，甚至有地下供水网络，有Wi-Fi，冰箱，烤箱，咖啡机和壁炉。没有电视。最大件的家具，在我看来，就是这只大书柜以及书柜旁的大木柜。书架上的书原封未动，我猜衣柜里的衣服应该清理掉了。

这地方非常方便。陈鹏说。

也是皮尔·卡丹财产的一部分？我说。

克里斯蒂娜的确把它卖了，她不知道幕后的买家是皮尔·卡丹。要是知道，她一定不会卖。

你呢，你扮演什么角色？

我暂时是这所小屋的拥有者，我用稿费分期支付。

要是没去尼姆，没去蒂日涅，要不是朋友介绍我认识秦姐，我是不会待在蒂日涅的。她那里更方便，虽然每天食宿花一点钱。这里嘛，凡事自己动手，会影响写作的。

你可以待这里，应该待在这里。这地方太完美了。

你喜欢？

谁不喜欢呢？谁会不喜欢这么一个并未与世隔绝又孑然而立的地方呢？

你带她在这儿小住几天吧。

他微笑着把钥匙放在起居室兼卧室中央的小圆桌上。我没搭理，我拿不太准他葫芦里卖什么药。实际上我一直认为作家远比我这样或秦姐那样的人类更单纯，他们终其一生活在虚构之中（小说家），犹如在沙滩上建造大厦，有时候大厦很好看，但好看的东西总是容易垮掉，坍塌，一钱不值。这就是我不太信任作家的原因，而且他们的写作往往是有选择性的，写什么不写什么心里清清楚楚，一个个工于心计能掐会算，每走一步想得明明白白绝不干赔本买卖。所以我多年不读小说了，毫无意义，要么发点牢骚要么杜撰看头知尾的老掉牙的故事。叙事这门高超技艺再也不是他们能掌握的了。也许不是他们的错，这个时代让位给了电影电视和新闻，谁还需要纸上的艺术呢？谁还需要那些华而不实的花架子呢？演员和记者岂不是比小说家们更能还原一个惊人的世界？

他坐在桌前，也邀请我坐下。我更想看看莱诺和克里斯蒂娜的藏书。书脊多为法语，我抽出几本，看不太明白，但有两三本显然是陀思妥耶夫斯基，我猜是《罪与罚》《群魔》和《卡拉马佐夫兄弟》。陈鹏证实了我的猜测，并且补充说，莱诺只看两个作家的作品，一是老陀，二是契诃夫。我很惊讶，一个土生土长的法国农民竟然只读两位顶尖大师的作品。

是啊，莱诺，老莱诺，一句英语不会讲，却不妨碍他娶了一个漂亮的美国姑娘。

他只会法语？

好在克里斯蒂娜是能说法语的。

她没有工作？

有，在附近一所艺术学校教艺术史。

真棒啊。

谁不想写出老陀和契诃夫那样的作品呢？陈鹏感叹。

我不知道该说什么才好。二位大佬作品我几乎没碰过。

他们来过这里。他说。

谁？

皮埃尔，玛丽琳，米歇尔·布托。

是吗？我心里咯噔一下。

陈鹏眯眼看看我，看看门外，示意我出去说。外面晴朗明亮。我们重新在石桌前坐下。被太阳照射过的石椅暖和多了。

就是出事那年，大约1999年吧。他们是很好的朋友。我不太明白皮埃尔是如何结识莱诺的，总之他们成了好朋友，也许在他娶玛丽琳之前他们就已经是关系很近的朋友。莱诺每年会抽出几天时间跑到皮埃尔家里小住，后者也会带上玛丽琳造访这里。不过，当时还没有这座石房子。他们住在鳄鱼村的莱诺的小院里，虽然远没有皮埃尔大宅那么气派，但接待几个朋友，负责他们的食宿和诗会毫无问题。我猜，莱诺正是在皮埃尔、米歇尔·布托举办的艺术沙龙上认识克里斯蒂娜的，当时她还是个学生，一个博士生，尚未结识莱诺。他们五人认识后关系融洽，渐渐成了莫逆之交。我确定莱诺和克里斯蒂娜的婚礼是皮埃尔主持的，不，他是证婚人。婚礼地点是鳄鱼村小教堂。皮埃尔、米歇尔·布托和玛丽琳非常羡慕莱诺和克里斯蒂娜后来的选择——远离人世，建造一座小屋隐居起来，将物质欲望降到最低。哈哈，必须说明，Wi-Fi什么的是我后来迁入的，当时他们唯一的电器只是一只微波炉。皮埃尔一行三人每次造访莱诺夫妇都很感慨，他们隐居蒂日涅的生活已经和所有艺术家的生活格格不入了，没想到莱诺夫妇做得更绝，走得更远。他们也知道虽然内心羡慕却无法效仿也不必效仿。各人有各人的方式。他们毕竟还在操持作为南法艺术中心的蒂日涅大宅，收入来自各种各样的捐赠、版税、稿费和租赁部分蒂日涅的土地，维持他们的艺术人生毫无问题。

陈鹏停下来。至少沉默了一分钟。白蜡树在我们身后哗哗响。寒风仍然冰凉。

我扯得有点远了。嗯，他们最后一次拜访此处应该是1999年7月，盛夏，法国南部的夏天才是真正的夏天，热得不可开交，连苍蝇都恨不能躲在林子里再也不亲近人类。他们抵达鳄鱼村后，前往山顶的皮尔·卡丹城堡——当时老头子还没买下萨德城堡，城堡里经常上演戏剧。萨德热爱戏剧的传统被村民予以保留。当天夜里上演的是一个不知名的作者所写的《那年，我们在阿维尼翁》，讲述一个浪荡子如何被他的漂亮机智的女友彻底改变的，最终他深深爱上对方，身患重病时女友也不离不弃，大概这么一个故事吧。开头热热闹闹结局却很悲伤的故事。他们那天晚上喝多了，仍深深沉浸于戏剧之中，被它深深打动。夜里太热，他们从山顶来到这里，当时莱诺和克里斯蒂娜的小屋还没建起来。这里风景优美，又有清澈的溪流。他们一路走到池塘，唱歌念诗，喝酒跳舞。

他又停下了。我左右环伺，不见秦姐和米苏。可能循着溪流进入白蜡树林了，此前我隐约听秦姐说林子里能看见野猪造访的泥潭。米苏对法国的一切感到好奇。

狂欢持续到后半夜。天太热，他们就在池塘边草地上睡着了。

他看看我，又看向远处。

最先醒来的应该是克里斯蒂娜，接着是玛丽琳。她们小声聊了什么或者根本没聊什么已经无人知晓也无从考证。后来发生的事情是，她们脱了裙子下到池塘里。星光在蓝天上闪烁。水面晶莹璀璨。你想象一下吧。老杜，你想象一下。两个大美人，咯咯笑着，像两条美人鱼一样游动。之后，他们醒了，男人们醒了。不知道出于何种原因，皮埃尔和莱诺都未惊扰池塘里的妻子。他们保持沉默，在溽热的暗夜装睡。米歇尔·布托一动不动。两个女人上了岸，重新穿好衣服，彼此吻了一下，道了晚安，各自沉沉睡去。

他不再说了。我想象着。真美。我想象那个遥远炎热的夏夜发生的一切。秦姐故事的答案原来藏在这里。我们沉默了很久。也许五分钟，也许十分钟。白蜡树的喧嚣中夹杂溪流的潺潺流动，清脆悦耳。

那之后，他们再也没有来过这里。皮埃尔、玛丽琳和米歇尔，再没来过。莱诺和克里斯蒂娜去过蒂日涅两三次，但每次匆匆返回。他们之间的友谊，忽然无疾而终。

就这样？

对，就这样。就是这样。

你从哪里听说的？秦姐？

米歇尔·布托将它写入了自己的小说，《夏夜溪流》。

短篇？

短篇。就在秦姐宅子里的一本自印刊物上。我读了。我也偷偷把它收藏了。毕竟是米歇尔·布托的作品呐。

秦姐知道？

不知道。

你怎么知道米歇尔没有虚构？

我知道他没有虚构。一个小说家骗不了另一个小说家。

我不再说话。我仍待在他的故事之中。我无法分辨是真是假。它太美了。我想起皮埃尔的诗歌，我掏出手机，重读一遍。的确，这首诗的闪烁其词也许正是为了印证那年夏天他们在此地此处发生的一切。

……敦刻尔克就在前面，或在身后

英吉利海峡的塞壬之歌啊

平滑如苹果的肌肤

这星光

这果冻和奶酪

也许不是有意

但事实如此……

我想追问陈鹏为什么告诉我这些，干吗要告诉我答案？最接近真相的答案？

几分钟后秦姐米苏出现了，迈着缓慢轻盈的步伐走回来，惊讶地进屋看了一圈。之后，我和米苏沿溪水重新往上游走去，我想再看看池塘。我说，这地方真棒，太牛了。远远超过我昆明的两室两厅，超过你茶叶公司的小破房子。

想住下来吗？米苏说。

谁不想呢？

哈哈，就是，谁不想呢？我刚才和秦姐去了树林，满地的野花——法国冬天的野花，她说是铃兰，真美呀，老杜。

我们的米苏同学立志要当作家？

我哪知道我行不行啊。

陈鹏说你有天赋，也有潜力。

是吗？他觉得我能行？

他觉得你能行。

我不这么认为。作家要经历很多东西才能写作吧。我经历太少了。还没怎么开始呢，就被你这个老家伙拐跑了。

是吗？你被我拐跑了还是我被你拐跑了？

她哈哈大笑。

你真想当作家？

不知道。

今后呢？

先听我爸的，得回去完成学业，先拿到学位证再说。

然后呢？

抽空嫁给你？

哈哈，好主意。

我们也找一个这样的地方吧，老杜，就在昆明郊区，昆明的某个地方，也造一座小房子。好吗？

行啊。

有吗，有这样的地方吗？

一定会有。

你会孤独吗？

会。但是——

你会讨厌我吗？

不会的。

真的？

真的。

我不信。我才不信呐。我根本就不相信。

我们租下来吧，我忽然说，我想和你在这个地方住几天，再考虑别的。比起这地方来，秦姐的宅子实在太大了。

哦，老杜。你太天真了。你一直那么天真。

她拥抱我，在我嘴唇上亲了又亲。

行吗？

什么？

把这地方租下来，小住几天。好吗？

算了吧，老杜。

我说真的。

她睁大眼睛。

我问问陈鹏。我说。

你疯啦。

我非常清醒。住几天再去阿维尼翁，好吗？

跟谁租？

陈鹏啊。你的陈大作家。

我告诉她他买下了这里，米苏惊呆了。说那就更不能住下来了，毫无必要。

他想在这里写他下一部作品。

这倒是一个写作的好地方。

我知道秦姐故事的答案了。

此时我们已经站在池塘边上。我这才发现秦姐关于皮埃尔、玛丽琳和米歇尔的故事米苏也许从来不关心。她也许早就忘了。从某种意义上说，的确如此，这个故事的最终结局依然是圆满的，尽管，也许他们失去了莱诺和克里斯蒂娜的友谊。我不太明白法国人对事件严重性的估量是否有点失真。法国人如此在乎吗？在乎一个美极了的忽然发生微小偏差的夏夜？池塘清澈，水面平滑如镜。池边也长满青草和蓝色小花。我想象着，想象水面上落满星光，想象那个我见识过照片的玛丽琳本人曼妙的鲸鱼般的蛙泳，想象她无可比拟的身体像裁纸刀一样划开水面。我体内传来阵阵悸动。我能体会到米歇尔·布托的感受了。也许短短数秒，却延续了半辈子。

今晚，我们来游泳吧。

米苏笑了，行啊，咱俩来裸泳。

我就这么想的。

你想得美老杜，她笑着，你忘啦，今晚上山，去皮尔·卡丹的别墅。

我没吭声。

你没说答案。关于秦姐故事的答案。

我凝望平静的水面。

答案就是，池塘。

什么意思啊，老杜？

我的意思是，也许，只有这个池塘知道答案。

27

我们就在石屋里做了晚餐——陈鹏和秦姐驱车跑了一趟鳄鱼村，买回食材，这次我操刀主厨。置身石屋的感觉非常奇妙，我一次次想象自己变成莱诺，变成克里斯蒂娜，或皮埃尔、米歇尔·布托。我成了此处的主人兼客人，我对餐具越来越熟练，很快得心应手。我做了几样拿手的：宫保鸡丁、素炒茄子、虎皮青椒、蘑菇汤。这已经是当地能采买到的最能让中国人得心应手的食材了。米苏一直给我打下手，她做事越来越麻利，我猜是见贤思齐，看了秦姐做事的认真快速，自己也迅速跟上来了。陈鹏又从书架下方箱子里找出一瓶很不错的勃艮第红酒，出产年份正是1999年。酒体纯正，酒香扑鼻。我真想让所有人喝大喝高，再去一趟池塘，再实地感受一下当年的盛举。但晚上的鳄鱼村更冷，气温也许降至零下五度，我们生起壁炉，晚七点正式驱车上山。秦姐喝得不多，我担心她开车是否有问题，她让我放心，法国人喝一满杯红酒驾车也不会遭到处罚。她开得很慢，路上渐渐出现更多私家车，大灯都开着，渐渐在蜿蜒的狭窄山路上排出一溜璀璨的长龙，至少延绵三四百米。半小时后绕到山顶，上面是一个空阔的平台，有两件巨型雕塑和装置令人印象深刻，一是笼子里的男人面具，其二是伸得长长的胳膊，一只手在这头，另一只手在另一头。山顶灯火摇曳，山谷里出现一座古堡，顶部也有灯光，远看像一座搁浅的巨船。风很大，山顶非常冷，所幸我们的羽绒服能抵挡至少零下二十度低温。所有车辆按等距离停放整齐，人们钻出来，默默沿着下山小路向对面山谷古堡前进。我奇怪为什么秦姐不把车直接开过去，她说规矩如此，必须停车走过去。好在也就两三公里，抵达古堡门前时还不到八点。

守门的两个男人不太年轻了，应该是本地人，留浓重的络腮胡，穿西服，系领结，站得笔直，手里持电子验票器为客人验票。轮到我们，陈鹏以流利的法语说了几句话，他们微笑放行。进去后，他说他按例亮出了自己身份，说他带了几位朋友。哈哈，一切顺利。这种时候，你只要说皮老爷子让你在夏屋等他，他们就会被唬住的。实际上，他说，老爷子不会来。年纪太大了，天气又太冷。我猜他在巴黎家里烤壁炉呢。

穿出空旷的露天院落，进入大厅。此处大得没完没了。电子节拍的背景音乐并不吵闹，进来的人越来越多，最终大概定格在两三百人，仍未把空间铺满，也只是安静又疑虑地占据了大厅四周。中间空出来，像舞台，有脚光向上散射。很多人认出彼此，也有很多人干脆就是朋友。很快出现穿礼服戴领结的侍者，端着托盘，像电影里经常出现的酒会侍者那样在人群里穿梭，问我们喝点什么。我取了红酒，米苏取了白葡萄酒。秦姐拒绝再喝。陈鹏无动于衷，两手插在裤兜里，像在确认音乐质感。

一两分钟后他告诉我们，走秀马上开始，然后上演一部戏剧，剧名他也不清楚。大厅里出现嗡嗡嘤嘤的说话声，人们的情绪渐渐饱满，被酒精激发的能量小心翼翼释放出来，等待更热烈的场面。陈鹏告诉我，他们大多来自南部，当然也有来自巴黎的，不远数百里赶过来，结识朋友并获取各种信息和资源。我注意到他们的衣着并不十分正式和考究，他说这正是老爷子的心愿所在：将时尚向平民普及，让看门人都能穿得起顶尖时装。他提醒说，今晚来的人，大多数穿的是皮尔·卡丹的品牌，你们细看就能发现，老爷子的品位终究还是有过人之处的，虽然它们的确越来越平民化了，很多款式几乎和ZARA这样的品牌没什么太大区别了。我们要原谅一个96岁的老者，他已经是这个世界的奇迹。

走秀开始之后我还是被皮尔·卡丹的平民精神打动了：女孩们的新品服装大多色彩鲜亮，大面积白色中间有红色或蓝色，紧身系列并不袒胸露臂，短裤长裤也尽可能体现姣好的身材和结实的臀部；男孩们上场时更加惊艳，大多是秋冬季长袖T

恤和衬衫，有一种饱满的力量感，绝不臃肿拖沓。总体上，他的设计摒弃了某种夸耀的博人眼球的东西，平实、亲切、细腻，又在某些局部匠心独运，令很多大众化品牌如鳄鱼啦、卡帕啦很难赶上来。大师终究是大师。我和米苏在走秀间隙小声交谈，后来发现我们的举止也许是对模特的冒犯，赶紧住嘴。陈鹏表情渐渐凝重，抱着两臂。秦姐一言不发。大厅里似乎空气稀薄，而且很热，镭射灯光连续晃动着，音乐声还是维系先前的水准，既不很吵，也颇为强劲。一个小时后，人们用真诚热烈的掌声为模特们谢幕，随后是一大段舒缓优美的小提琴音乐，舞台空出来，人们开始走动，前往大厅角落取酒或饮品。半小时后舞台被工作人员收拾出来，放了一把椅子，一张桌子，一张沙发。表演开始了。我们听不懂，彻底的法语。观众席不时发出笑声。三个年轻演员的表演轻松活泼，和当下法国年轻人自然而然的说话聊天没什么不同。我问秦姐到底演了什么，她似乎不太愿意被人打断，急促地说，爱情。三个年轻人的爱情。他想娶她，女孩不想嫁给他。另外一个，男孩的朋友，原本是当伴郎的，结果——姑娘爱上了伴郎？不不，秦姐摇头，没有。这部戏我在阿维尼翁戏剧节看过，没那么庸俗，姑娘最后选择留下。留下？小伙子呢？啊，小伙子生了一场大病，伴郎，喏，现在他开始扮演大夫……这么说，仍是两个人的戏剧，并非三角关系。我不再追着秦姐问这问那。突然想起陈鹏提及的《那年，我们在阿维尼翁》。没错，就是那部戏。那部1999年夏夜上演的惊人的戏剧。此前我对这类纯艺术的高雅表演还是有些抵触的，不太明白艺术家们干吗要把简单的问题复杂化，将复杂的问题弄得更复杂。人生还不够复杂吗？我偷偷观察了一下米苏。她的专注和认真大大出乎我的意料，就好像她全然能够听懂保守的法国人的标准法语。陈鹏仍然抱着两臂，表情极其凝重，眉头紧锁的面部比任何时候都像一个作家，而且是标准的先锋作家。我想我对他也许产生了某种误解和偏见。我耐着性子往下看。十分钟或更短时间之后，我居然也看进去了——听不懂台词没关系，你分明感觉到，也能猜到，三个年轻演员通过肢体语言和表情向观众传递着复杂的仇恨、爱和温柔。我能猜出小伙子被疾病打垮了，另一个，他的伙伴，愿献出自己的器官拯救他，他的爱人，这位姑娘，也坚定地和他并肩迎击病魔，坚决留在他身边而不是逃走。我忽然被她无声的沉默，一次缓慢的独白感动了。不少观众尤其女性观众正悄悄抹眼泪。秦姐闭上眼睛又睁开，抬手擦拭眼眶。米苏死死攥着我的手。我的心怦怦直跳，我暂时忘了舞台上的人物，想起照片上的皮埃尔、玛丽琳及米歇尔·布托。是的，有没有一种可能，一种被我们忽视的可能，他们的关系近似于舞台上的人物关系，他们用忠诚的爱和友谊呵护了其中一人的生命……

一个半小时后戏剧结束，大厅里久久回荡着热烈的掌声，演员们来回谢幕。还是掌声不断，似乎热烈的掌声能让他们继续演下去，能让这出悲剧——男主最终还是病故了——重新回到喜剧，变成欢乐的大团圆。最后有人登台说了一番话，秦姐小声翻译道，这部戏力图告诉我们美的价值和意义，以及，爱的艰难和尊严，希望大家喜欢这部戏……感谢大家，感谢四面八方赶来的朋友，感谢所有人对皮尔·卡丹事业的支持，祝福大家度过一个温暖美好的夜晚……此时已至零点，人们毫无倦意。讲话者年纪与我相仿，光头铮亮，戴眼镜，穿黑西服，我猜是皮尔·卡丹家族成员，又或是企业高管。聚会宣告结束，愿意留下的可以留下，聊天，喝东西，但不再提供酒类，只有水和饮料。一半观众一面鼓掌一面微笑离开，另一半观众留下来。音乐变得柔缓，有梦幻色彩。陈鹏建议我们撤离。我们原路返回，秦姐发动汽车时手还在微微发抖。她说她头一次参加皮尔·卡丹的城堡聚会，想不到，她说，想不到如此精彩。之后她不再说一句话。

下山后，陈鹏秦姐住进鳄鱼旅馆，我和米苏如愿去了莱诺的石头小屋。外面很冷，屋里极其暖和。我问她今夜的戏看懂了吗？她用法语说了一句话，我惊讶极了，L′ AMOUR N′ EST PAS MIGNON，她重复，告诉我是戏剧的广告词，爱无可爱。我说谁告诉你的？话刚出口我就知道我问了一句蠢话。答案明摆着。

很感人。这种戏是不必多做解释的。

是啊。一个完美的夜晚。

的确是完美的夜晚。

我爱你，老杜。

我也爱你，小苏同学。

叫我名字，好吗？

我爱你，米苏。

哦，老杜。你会永远爱我，记得我吗？

我点头。

回答我。

会的。

当我生气了，我们吵架了，我们恨不能掐死对方，你也不离不弃对吧？

对。

万一我生病了，你也会待在我身边吗？

当然。

万一我也没法生孩子呢？

别这么说。千万别这么说。别犯傻米苏同学。

我想为你生孩子。老杜。我想为你生一堆孩子……

她紧紧地拥抱我，吻我。她流泪了。我伸手将她睫毛上的泪珠擦掉。她舌尖上身上头发上仍有酒味，与香水味混合起来。我抬头看见窗外一轮明月，月光清冷干净，让人想起无数往事，想起昆明，想起她的小屋……

清晨起来，外面麦地洒满白霜。近处树林被浓雾包裹的浅绿颇不真实，像藏在一面白布后面。溪水潺潺，没有封冻。天空仍然晴好，尚未打开的天际线上堆着一片一片薄而暗沉的撕碎般的浮云。远处树林下面有长长的白雾，像一条带子捆住暗沉沉的荒凉。村庄还在沉睡。没有一个人。一个人也没有。我在麦田里走了数百米，返回时太阳升起来，温柔的光线洒在溪水上，洒在溪边被冻住的草茎上。草叶硬邦邦的，又白又亮。我循溪水继续往前，来到池塘边，池水清澈，纹丝不动，映照着深远的微微发灰的天空以及忽然掠过的鸟影。太冷了，但甘冽的空气让人头脑清醒。我已经很难想象1999年的夏夜了。很难想象他们，几个不再年轻的家伙在此喝酒嬉戏，下水游泳。但就在这里，这个小小的五六平方米左右的池塘确凿地见证了历史性事件的偶然及其深处不动声色的残忍。

我突然想起了什么，转身飞奔。

冲进小屋。它是空的。果然，它是空的。

米苏呢？

床上没有，卫生间的门敞开着，厨房就在眼前。一切一览无遗。没有米苏。我喊了几嗓子，就被某种干涩粗粝的东西堵住喉咙。我不再喊了。

秦姐的雪铁龙仍然停在昨天的位置，前方太窄，再也不能前进半步。我站在石桌前，把刚煮的黑咖倒出来。杯子是很好的土陶杯，不知道莱诺从哪儿淘换来的。

也没给我留言。她说。天知道几点走的，他们简直——

不说了，秦姐。她晚一点也许会回我电话。

他还有东西，笔记本电脑啦衣服啦什么的，

在蒂日涅呢。他们会回去一趟吗？他应该知道我大门的开锁密码。

不重要了，秦姐。

我笑了笑，至少，米苏是安全的，没有被人贩子什么的拐跑了。

那倒不至于。陈鹏毕竟是个作家，毕竟还为皮尔·卡丹工作，所以，她想了想，啜了一口咖啡。它们冷得很快。没有风，一切非常寂静。林子里传来各种各样的鸟鸣，声音婉转清脆，传得很远，我甚至怀疑最远的村庄都能听见。金色太阳悬在白蜡树梢上。所以，我认为他们终究会回来的，会回到这里。再说，这房子也是他的。

不重要了，秦姐。

我认为很重要，她头一次来法国呀。

我没吭声。

要报警吗？

不用，真不用。他们不是小孩子了。

我们默默坐着，不知道还能说些什么。咖啡连喝了两杯。第二杯凉得更快。

你饿吗？我给你弄点吃的？意大利面？他这里只有意大利面。还有面包。

不用，秦姐说，我吃过了。

长长的沉默。能感到温度正一点点上升。太阳已掠过树梢照耀大地。石头房子闪闪发亮。溪水的声音大起来，像是咆哮，沿林子下方向前猛冲。我问她记不记得上面的池塘，她说，当然，能游泳的池塘，怎么了？我没回答。

那本书还在吗？米歇尔·布托的《夏夜溪流》？

应该在。

我没说话。

我取出羊角面包，在微波炉里加热，端过来，在闪耀的阳光下和她一起进餐，味道鲜美。

你有什么打算？先跟我回蒂日涅？

我摇摇头。没说行，也没说不行。我觉得这地方很好，比蒂日涅还要完美。完美的平整伸展的麦田，麦田远处的树林，以及接连不断的越来越清脆的鸟叫声。如果往林子深处走，没准还能发现野猪，发现蘑菇，发现很多见所未见的东西。

要果酱吗？我给你拿点果酱。秦姐起身进了屋子。

我还是没吭声。就这么吃白面包和羊角面包就很好，非常好。她出来时端着很大一盘东西，果酱，乳酪，红酒，腰果。我说太多啦，吃不下那么多。她笑着说天气那么好，这地方那么美，不大吃一顿，怎么对得住这么好的美景呢？

我说，那我去搞一点溪水。给我一只瓶子，我现在就去搞一点甜滋滋的溪水。

脆弱的，消失的（后记）

□陈　鹏

脆弱的，消失的（后记）

这个小长篇的缘起，是对2020年之前的缅怀。

2017年，我们举办首届国际写作营，地点就在小说中的法国南部尼姆市一个美丽宁静的小镇。也许，那时候我已经在构思这部小说了。及至国内疫情发生，恍然发现，当年七八个中外作家待在一幢大别墅里交流研讨写作已成绝唱！多么怀念那时的我们啊，年轻，野心勃勃，无所畏惧，吵吵嚷嚷；中国的，意大利的，法国的，西班牙的，美国的……隔三岔五讨论，碰撞，对垒，轮流做饭，埋头写作（当然，自己的作品从来秘不示人）。中外作家观念确有差别，但文学无国界，我们很快实现了平等自由的对话，激动地就某一部杰作、某一位作家达成共识，尽管，“共识”从来离不开小镇壮美的落日和我们杯中醇香的红酒。

也许，就在那短短的不到一个月的时间，杜上、米苏的故事已悄然萌发，在我心底牢牢扎根。小说里的人物虽然是虚构的，但部分法国场景和风物，几乎照搬。写作营临近结束，我惆怅得不行——所有的美好、温暖、真挚和感动就要落幕了，最终的最终，我们将天各一方，从此消散不见。这是写作营的命运，也是我们的命运。诚然，那一届写作营的外国朋友们，真的散失了，其中一位风度翩翩的法国外交官作家原本和我一直有密切联系，可是，去年，突然没了音信，我担心他会不会因“新冠”发生了意外……我写给他的信，全都石沉大海。

米兰·昆德拉说得好，为了告别的聚会。

除了缅怀法国时光，这个小说也在捕捉人和人之间无法言明的美丽的脆弱。我骨子里是不擅交际的，特别恐惧现实中棘手的人际关系，尤其，男女关系。我说的不是烂俗的偶遇、邂逅、一见钟情之类，不，我说的是在宽泛的两性关系中我实在不太了解女人，我在最近的另一个创作谈里也表达了类似观点——女性，永远的斯芬克斯之谜。为弥补缺憾，姑且通过虚构，一次又一次地走近一个又一个莫测难解的女性吧。

而所有的亲密关系都会终结，这是我很多小

说的主题。

生活不就是由无数个脆弱又美丽的片段拼凑的么？

所幸，还有文学，还有写作。国际写作营的谢幕，不也是新的写作的开始？

向前吧，向前。写作者的信念，总在前方。